THÉÂTRE DE SOCIÉTÉ

PIÈCES DIVERSES

APRÈS L'ORAGE LE BEAU TEMPS
Proverbe, 1 acte.

MADEMOISELLE DE LONGPRÉ
Comédie, 1 acte.

UNE LEÇON MATRIMONIALE
Comédie, 1 acte.

L'ANE ET LA LOCOMOTIVE
Apologue. (Pour servir d'intermède.)

L'IDÉAL DE L'AMOUR, OU EST-IL ?
Petite Revue en 4 tableaux.

PARIS
LIBRAIRIE INTERNATIONALE
15, BOULEVARD MONTMARTRE, 15
Au coin de la rue Vivienne

A. LACROIX, VERBOECKHOVEN & Cie, ÉDITEURS
A Bruxelles, à Leipzig et à Livourne

—

1866

THÉÂTRE DE SOCIÉTÉ

—

CINQ PIÈCES DIVERSES

H. THIERRY DE FALETANS

THÉATRE DE SOCIÉTÉ

V

PIÈCES DIVERSES

PARIS

LIBRAIRIE INTERNATIONALE

15, BOULEVARD MONTMARTRE, 15

Au coin de la rue Vivienne

A. LACROIX, VERBOECKHOVEN & Cie, ÉDITEURS

A Bruxelles, à Leipzig et à Livourne

1866

Au Lecteur aimable,

En publiant ce Recueil, je cède aux constantes sollicitations de quelques-uns de mes amis, & je me place sous l'égide du public d'élite qui sait mettre avec discernement de l'indulgence dans certains essais littéraires. Si donc je ne puis prétendre à un succès, j'espère du moins rencontrer un encouragement.

La vogue est d'ailleurs aux lectures & aux comédies de salon. Quoi de plus commode que d'avoir sous la main quelques pièces inédites dont la représentation n'entraînerait pas les comparaisons entre acteurs, gens du monde, & certains grands artistes?

Je prie les personnes qui auraient l'intention de représenter une de mes pièces, soit sur un théâtre de société, soit en public, sur une scène quelconque, de vouloir bien correspondre avec moi pour les détails & certaines modifications concernant la mise en scène.

H. T. de Faletans.

Brienner-Strasse, n° 39,
à Munich.

A MADAME

LA COMTESSE

STÉPHANIE DE TASCHER LA PAGERIE

AU PALAIS DES TUILERIES

Madame,

    Je vous offre cette bluette; arrêtez donc un instant votre plume, — train poste première classe. — Je serais vraiment flatté si, après m'avoir lu, vous ne regrettiez pas les 20 minutes d'arrêt.

    Je suis avec respect,

        Madame la Comtesse,

    Votre affectueux & dévoué serviteur.

            H. T. F.

APRÈS L'ORAGE LE BEAU TEMPS

PROVERBE EN UN ACTE

PERSONNAGES

~~~~~~~~~

Le comte HECTOR DE VILLEPRÉ, secrétaire d'ambassade, 3o ans.

La comtesse MARIE, sa femme, 23 ans.

LAFLEUR, vieux domestique.

FANCHETTE, jeune femme de chambre.

APRÈS L'ORAGE LE BEAU TEMPS

UN SALON

SCÈNE PREMIÈRE

HECTOR, seul, assis près d'une table et contemplant un portrait en minia
ture qu'il tient entre ses mains.

Oui, ce sont bien là ses traits!... C'est bien toi,
pauvre Héloïse!... mourir si jeune et si belle!... cela
se peut-il? Voyons encore, que dit cette lettre? *Après
l'avoir lue.)* Ah! oui, une chute de cheval... l'imprudente!
Toujours la même, téméraire à l'excès, et n'écoutant
que sa seule volonté! Que n'étais-je là! Je l'aurais sau-
vée peut-être, elle vivrait..... vingt ans à peine et mourir! Oh! c'est affreux!..... Ah!... *Il passe vivement la main
sur ses yeux, et pose le portrait sur la table, restant absorbé dans une muette
contemplation.)*

SCÈNE II

MARIE, entrant sur la pointe des pieds, s'approche doucement du comte et lui pose tout à coup les deux mains sur les yeux.

Qui est-ce?

HECTOR, en sursaut.

Ah!... bonjour, chère amie...

MARIE.

Que faites-vous donc là, tout seul, plongé dans ce fauteuil? Votre amabilité habituelle ne se montre point, et, en vérité, vous n'êtes guère charmant pour votre femme aujourd'hui! (Apercevant la miniature.) Mais que vois-je, un portrait, une lettre, des larmes, je crois? Qu'est-ce que tout ceci? Ah! comte, c'est mal à vous, vous devriez au moins mieux cacher vos peines de cœur, vos regrets et de pareils souvenirs! (Elle s'éloigne du comte.)

HECTOR, se levant et s'approchant de la comtesse.

Je vous assure, chère comtesse... vous vous méprenez singulièrement sur ce qui m'arrive.

MARIE.

Vraiment, en ce cas, donnez-moi cette lettre.

HECTOR.

Cette lettre?... Oh! je ne puis vous la montrer...
c'est un secret que je ne puis vous révéler encore. D'ailleurs votre manque de confiance fort blessant, madame,
et votre affreuse curiosité, me porteraient à vous laisser
dans le doute, comptant bien vous châtier ainsi...

MARIE.

Me châtier..... Vous êtes adorable aujourd'hui, mais
vous vous oubliez, je crois, même un peu trop, ou bien
n'est-ce qu'une feinte pour éloigner mes soupçons?

HECTOR.

Nullement!... Et, quoique je n'aie rien à me reprocher, je ne puis me rendre à votre désir... Si pour le
moment je ne vous montre pas cette lettre, c'est uniquement afin de vous épargner un trop grand chagrin, une
peine trop vive et trop subite.

MARIE.

Je vous comprends, vous voudriez m'amener tout
doucettement à faire connaissance avec vos indignités,
et en bon diplomate préparer les voies, afin de vous
trouver dégagé de tout embarrassant reproche. Libre à
vous, et afin que le temps ne vous manque pas pour bien
préparer vos plans de défense, je vous laisse..... (Le comte
fait un mouvement de surprise.) Oh! vous n'avez pas trop lieu de

vous en plaindre, comte !... Je ne vous laisse pas précisément tout seul... ne le quittez point des yeux ce portrait. (Avec une certaine ironie et quelque dépit.) C'est qu'en vérité elle n'est pas mal..... (Portant ses yeux sur le portrait.) elle me paraît même fort jolie.....

HECTOR.

Marie, chère Marie, écoutez-moi !...

MARIE, secouant vivement une sonnette et appelant.

Fanchette ! Fanchette !

SCÈNE III

FANCHETTE, accourant.

Me voilà, que me veut madame ?

MARIE.

Mon chapeau, mon châle, et dites qu'on attelle, vite ; mais courez donc !

FANCHETTE, sortant.

Oui, madame la comtesse.

HECTOR.

Certes, je n'essayerai pas de vous retenir, ce serait un

motif de plus pour que vous vous hâtiez de sortir. (A part.)
Pour voir sa mère ! c'est ce qu'il faut empêcher à tout
prix ! (Haut.) Dans la fâcheuse disposition d'esprit où vous
êtes, je ne tiens pas à ce que vous voyiez... enfin n'importe qui...

MARIE.

Achevez donc, joueriez-vous au jaloux maintenant?.....

HECTOR, avec un mélange de brusquerie et de sensibilité.

Voyons, je serai franc et sans détours, je vous dirai
tout..... (A part.) Je ne dirai rien, mais il faut la retenir.

MARIE.

Ah ! le diplomate entre en composition, il se rend. Eh
bien ! voyons, je vous écoute.

HECTOR.

Je suis le coupable... à vous de m'interroger.

FANCHETTE, entrant précipitamment, un chapeau à la main.

Voici le chapeau de madame, est-ce le châle noir ou le
bleu qu'il faut à madame la comtesse?

MARIE, distraite.

C'est bien, laissez-nous.

2

FANCHETTE, à part, en sortant.

Qu'est-ce qu'ils ont donc aujourd'hui ? Ho! ho! le vent tourne... Je flaire l'orage!

MARIE.

Vous demandez que je vous interroge ; vous voudriez que ce soit moi qui, la première, entre dans votre passé. Non, cela me serait par trop pénible !

HECTOR, à part.

Gagnons du temps et louvoyons autant que possible. (Haut.) Aussi n'est-ce point dans mon passé que je vous conduirai, mais bien dans le présent, un présent qui, hélas, est devenu, il est vrai, depuis peu, un passé, car...

MARIE, l'interrompant.

Dieu! quel amphigouri !... Soyez plus clair, au nom du ciel, si toute votre défense va être aussi diplomatiquement nébuleuse, je demande à étudier Machiavel.

FANCHETTE, rentrant avec une masse de châles sur les bras.

C'est bien le châle bleu que madame a demandé, je crois, ou bien est-ce le noir, le rouge ou le grand panaché ?...

MARIE, impatientée.

N'importe lequel, mais laissez-nous !...

FANCHETTE, remportant tous les châles.

Décidément il y a quelque chose dans l'air !...

HECTOR.

Ce n'est pas de Machiavel que je m'inspire, avec vous surtout, chère amie, je ne vous tiendrai qu'un langage bien connu de vous, celui d'un cœur plein de franchise, et je pourrais d'un mot tout vous dire, cela me serait même facile, et certes...

MARIE.

Mais vous ne me dites rien, ce sont des paroles creuses tout cela ; me direz-vous ?...

SCÈNE IV

LAFLEUR.

Les chevaux sont au coupé. Monsieur le comte de-mande-t-il son chapeau, ses gants ?

HECTOR.

Non, Lafleur, vous pouvez vous retirer.

LAFLEUR, à part, en sortant.

Fanchette a raison, ça se gâte !... Ce sont les *farces* de la lune !

MARIE.

Me direz-vous enfin comment il se fait que là, près de moi, je vous trouve en tête-à-tête avec cette miniature ? Voyons, dites, où je ne reste pas un moment de plus ici.

HECTOR, plaçant fort tranquillement deux chaises au milieu de la scène.

Asseyons-nous là et écoutez-moi... (A part.) Pas moyen d'éluder l'explication, tâchons au moins de biaiser encore. (Haut.) Je serai aussi bref que possible... Mon enfance, vous le savez, a été des plus accidentées...

MARIE, l'interrompant.

Vous commencez de bien loin, il me semble ; ne pourrait-on pas supprimer votre enfance ?

HECTOR.

Assurément, madame, vous voulez pourtant tout savoir, et...

MARIE, l'interrompant de nouveau.

Oui, je veux tout savoir, mais le portrait date-t-il de votre enfance ?

HECTOR.

Le portrait, non, mais la personne...

MARIE.

Ah !

HECTOR.

Je ne remonterai donc pas si haut, rassurez-vous, je crains trop de vous ennuyer ; je vais entrer en pleine histoire contemporaine...

MARIE.

Oh ! ennuyer n'est pas le mot... et si, pour paraître blanc comme un lis, il vous faut remonter le fleuve de votre existence jusque près de sa source, pour redescendre ensuite au point où nous en sommes, eh bien ! je vais vous suivre, et me voici tout oreilles.

LAFLEUR, rentrant.

Pardon, monsieur le comte, mais c'est que les chevaux s'impatientent, ils ne tiennent pas en place, le temps est à l'orage, faut-il dételer ?

MARIE.

Dieu ! que ces gens sont insupportables ! (Elle se lève et fait quelques pas, témoignant la plus vive contrariété.)

HECTOR, se levant aussi.

Que Jean fasse un tour et qu'il revienne tantôt. (Lafleur sort.— Le comte à part.) Allons, le sort en est jeté, il vaut encore mieux tout dire; d'ailleurs, j'ai beaucoup à me faire pardonner, et l'occasion est trop précieuse. (Haut.) Vous le voyez, comtesse, je ne donne aucun contre-ordre, vous êtes toujours libre de me laisser, d'aller voir votre mère, chose que pourtant je redoute on ne peut plus aujourd'hui. Mais, avant tout, si vous vous sentez capable de m'écouter avec calme et assez brave pour entendre la confession la plus désagréable qu'un mari puisse faire à sa femme, écoutez-moi.

MARIE.

Je suis prête à tout, parlez, monsieur !

HECTOR.

Je mettrai donc de côté mon enfance, et même ma première jeunesse, jusqu'à l'époque où, quelques années avant de vous avoir rencontrée, j'ai aimé... Je pense l'avoir été aussi. Mais, certes, ce fut un malheur ! un grand malheur !... C'était une femme mariée !...

MARIE, cachant son trouble.

Ah !... mais vous commencez par l'autre bout de votre histoire ; c'est le bouquet, j'espère.

HECTOR.

Pas précisément, chère comtesse, j'use du droit que vous m'avez accordé, et je ne veux plus rien avoir de caché pour vous ; mais, de grâce, asseyez-vous, ce sera peut-être un peu long. (Il lui offre de s'asseoir et prend place à côté d'elle.) Cette liaison semblait être de celles que la mort seule peut rompre !...

MARIE, fort agitée.

Mais cela ne m'explique pas ce portrait, qui semble plutôt celui d'une jeune personne.

HECTOR.

Encore un peu, et tout vous sera expliqué... Au bout de quelques années d'un bonheur mêlé pour chacun de nous d'affreuses tortures, nos cœurs s'aigrissaient chaque jour davantage. Les trois premières années, ma jalousie n'eut pas de bornes, puis les rôles changèrent, et mon indifférence croissait à mesure que les sentiments les plus exaltés et les plus divers agitaient le cœur et l'esprit de cette femme...

MARIE, l'interrompant.

Mais le portrait, le portrait, de qui est-il ? c'est le sien !

HECTOR.

Non, écoutez encore, mais avec plus de calme, je vous en conjure.

MARIE, étonnée.

Ce n'est pas le sien! mais alors de qui me parlez-vous?...

HECTOR.

Un jour, à la suite d'une scène des plus violentes, occasionnée par les soupçons dont on m'accablait, chose, vous le savez de reste, que je ne puis endurer tranquillement, profitant de la circonstance, je rompais à jamais...

MARIE, inquiète.

Ah! vous rompiez ainsi, là, tout de suite, sans rien dire ni rien faire au préalable, vous annuliez vos conventions, vos traités...

HECTOR, d'un ton dégagé et comme satisfait de l'effet produit.

Eh! mon Dieu, oui! il le fallait bien, nos traités avaient reçu tant de coups de canif, qu'il n'en restait plus que des articles fort déchiquetés. Je rompis donc cette liaison déjà à son déclin, mais non sans mille combats, mille regrets... Nous sommes ainsi faits, lorsque nous avons près de nous l'objet de notre tendresse, nous oublions presque sa présence, mais dès que l'on s'aperçoit qu'on va le perdre à jamais, oh! alors on veut vite le ressaisir!

MARIE, vivement.

Et vous l'avez ressaisi, ce bonheur.

HECTOR.

Il n'est pas aisé de rompre, tout d'un coup, une longue liaison... Le cœur, voyez-vous, c'est comme une
grande maison à deux issues, une porte d'entrée et une
porte de sortie, elles s'entre-bâillent souvent dans le
cours d'une liaison, elles s'ouvrent aussi, mais à un seul
battant, jamais, ou fort rarement, à deux, soit pour l'entrée, soit pour la sortie... Notre secret désir était donc
de renouer plutôt que d'ouvrir à deux battants les portes
de notre cœur, et un ami intime à nous s'était déjà in-
terposé comme médiateur...

MARIE, sur le ton du persiflage.

Ah! Je vois déjà... l'armistice... puis la paix...

HECTOR, continuant.

Mais le monde s'était levé entre nous, il était
comme une barrière infranchissable, et d'ailleurs ma
fierté froissée, mon amour-propre mis en jeu, l'honneur enfin me défendaient tout retour.

MARIE, vivement.

Et vous en êtes maintenant aux regrets... Voilà ce
qui explique ces retours du cœur à une autre époque...
Vous ne l'avez pas oubliée, *Elle*, voilà ce qu'il y a de
plus clair en tout ceci.

HECTOR.

Pas oubliée? il peut y avoir du vrai dans ce que vous me dites, mais vous continuez à vous méprendre sur la cause véritable de mes regrets.

MARIE, se levant.

De grâce! ne cherchez pas à m'abuser plus long-temps, vous m'avez dit la vérité, vous ne me l'avez pas dite tout entière..... Voyons, soyez franc. (Elle se dirige vers la table.) C'est son portrait, n'est-ce pas? C'est aussi une lettre d'elle? Vous allez la revoir, peut-être l'avez-vous revue déjà?...

HECTOR, s'approchant de la comtesse.

Rassurez-vous, cela n'est pas... cela ne se peut... Elle est morte !!!

MARIE.

Morte... qui?...Elle!... Mais alors pourquoi disiez-vous que je me méprenais sur ce qui vous arrive? Vous le voyez, je disais juste, vous la pleuriez, je vous ai surpris les yeux fixés sur cette image, et vous étiez plongé tout entier dans... je ne veux même plus savoir quelles pensées; je ne vous crois plus, car enfin il n'y a pas moyen de démêler en vous le vrai du faux !...

HECTOR, sérieux.

Je pense ne vous avoir jamais menti, madame, et

vous semblez me dire le contraire assez nettement, pour
que je vous témoigne tout aussi nettement à quel point
tout cela peut me déplaire.

MARIE, avec une agitation croissante.

Mais enfin, si elle n'est plus, vous ne pouvez pas nier
au moins que c'était en souvenir d'elle que vous contem-
pliez son portrait; vous lui gardez encore un sentiment qui m'outrage, et voilà ce que vous venez m'a-
vouer à moi votre femme! Ce procédé, en vérité, est
rare, inouï, et me transporte, voyez-vous, au delà de
tout ce que je puis dire.

HECTOR.

Madame, je vous prie.....

MARIE.

Oh! vous me brisez!...

HECTOR.

Au nom du ciel! calmez-vous. Je vous le répète, ce
portrait n'est pas le sien!

MARIE.

Comment! ce n'est pas son portrait? Mais alors qu'est-
ce encore? serait-ce celui d'une autre?

HECTOR.

En effet, je n'ai pas tout dit, et si vous me laissiez achever...

MARIE, avec abattement.

Oh! oui, achevez..... Oui, dites tout, mais vite, je ne pourrais endurer plus longtemps de semblables émotions.

HECTOR, à part.

Si je lui disais maintenant... Mais, non, je veux d'abord ôter tout fardeau de ma conscience... (Haut.) Vous m'avez poussé à tout vous dire, comtesse. Eh bien! écoutez-moi jusqu'au bout, car peut-être alors seulement mériterai-je quelque peu votre indulgence... Je me savais détesté, haï par cette dame qui, malgré sa distinction et son orgueil excessifs, était femme avant tout et femme emportée et vindicative. (La comtesse redouble d'attention.) Ses vengeances m'atteignirent de loin; elle dut quitter l'endroit où notre rupture s'accomplit, et son ressentiment s'accrut en raison de ses défaites, car je restai maître de la position; mais, en quittant la place, elle décocha la flèche du Parthe!... Voici comment. Vis-à-vis de chez moi, logeait une famille anglaise que je connaissais assez intimement. Une fort jolie personne se trouvait avoir sa fenêtre juste en face des miennes... Cette jeune Anglaise de   ainsi la cause innocente de notre discorde...

MARIE, l'interrompant.

Enfin, je vous vois venir, c'est le portrait de la jolie et innocente personne.

HECTOR.

Un peu de patience encore... Sur le point de partir, mon héroïne se mit en rapports d'amitié avec la charmante Miss, uniquement pour chercher à me nuire près de cette jeune et naïve enfant.

MARIE, avec une certaine ironie mêlée de dépit.

C'est cela, et, une fois votre Némésis partie, la jeune et naïve enfant, au lieu de vous regarder de travers, vous a regardé plus en face que jamais...

HECTOR.

Je ne sais comment cela se fit; mais, en effet, nous nous prîmes d'une subite et franche amitié l'un pour l'autre. Nos rapports se bornèrent à de simples causeries dans lesquelles j'éprouvais, il est vrai, certains ravissements inconnus jusqu'alors. Depuis je vous ai connue, et mon cœur fermé à tout sentiment d'amour se rouvrait tout à coup plus jeune et plus aimant que jamais!...

MARIE.

Oh! je vous prie, ne me mêlez pas à vos poétiques images... laissez-moi plutôt... Je ne vous ai que trop écouté! Le portrait de cet ange descendu du ciel pour votre ravissement, le voilà donc! (S'emportant par gradation.) Oh! c'est indigne tout cela, monsieur, et je vous déclare que désormais ce ne sera plus que dans ma famille que vous pourrez me revoir. (Elle met vivement son chapeau et remonte la scène en proie à la plus grande agitation.)

HECTOR.

Si vous vous rendez chez votre mère, c'est précisément ce qui pourrait arriver de mieux pour nous brouiller tout à fait. (La comtesse d'un air résolu saisit la sonnette qu'elle agite vivement. — Le comte à part.) Diable, cela tourne au sérieux, j'en ai trop dit... il est temps de mettre un terme à cette situation par trop tendue.

FANCHETTE, accourant et apportant un châle.

Madame m'a sonné, est-ce pour son châle? Oh! quel temps il fait, madame! Il pleut, il vente, il tonne; c'est un affreux ouragan, et j'ai pensé que ce cachemire noir serait plus de circonstance...

MARIE, prenant le châle.

Tu as raison..... donne. (Fanchette sort. La comtesse met précipitamment son châle.)

HECTOR, à part.

L'orage, hélas! n'est pas seulement dehors. (Haut.) Écoutez, Marie!...

MARIE.

Que je vous écoute encore !... Non, non, c'est assez ;
croyez-moi, si vous avez à vous disculper, ne le faites
plus en tête-à-tête. Peut-être en présence d'une autre
personne vous viendra-t-il quelque scrupule, quelque
peu de honte de me tourmenter aussi cruellement que
vous venez de le faire.

HECTOR, avec quelque émotion.

Vous ne vous doutez pas, chère comtesse, à quo
point je regrette tout ceci, d'autant plus que j'ai stupi-
dement grossi ma culpabilité et que d'un seul mot j'aurais pu vous rassurer... Mais aussi votre curiosité extrême et ma franchise outrée sont cause que j'ai remué
des souvenirs qui certes auraient dû plutôt rester à
jamais ensevelis dans la poussière de mon passé ! Je
vous le répète, j'ai un regret profond...

MARIE.

Vos regrets !... puis-je y croire? Je sais que ma curiosité seule vous a fait parler, et que, sans elle, j'igno-
rerais encore vos abominations ! Oui, je serais là près
de vous, comme hier, comme toujours, depuis le moment où je suis entrée dans cette maison. Hélas ! il y a
un an à peine, et déjà !... déjà !... Adieu donc, bonheur
calme et tranquillité de l'âme; adieu, mes rêves d'une
félicité sans nuages. (Elle porte son mouchoir à ses yeux.) Mais

voilà que je pleure maintenant..... malheureuse que je suis! (Elle tombe dans un fauteuil et défait les brides de son chapeau, puis elle l'ôte.)

HECTOR, ému.

De grâce! cessez, vous me fendez le cœur!

MARIE, se remettant tout à coup.

Votre cœur! Ah! oui, parlons-en... Où est-il, votre cœur? ou vous en avez trop... ou vous n'en avez guère; car si vous en aviez et qu'il fût à moi seule, il y a longtemps que vous auriez détruit ces souvenirs. (Le comte s'achemine vers la table.) Mais non, vos yeux s'y portent sans cesse... (Le comte en retire le portrait.) Et tenez, que disais-je, vous voilà de nouveau en contemplation... Oh! cela est par trop fort... Donnez-le-moi ce portrait, comte, donnez-le-moi, je le veux! (Elle se précipite pour arracher le portrait des mains du comte.)

HECTOR, avec le plus grand calme.

Vous le voulez? J'allais vous le remettre... le voici; seulement, de grâce, ne le profanez pas, ce sont les traits d'une personne qui n'est plus!...

MARIE, au comble de l'étonnement.

Encore celle-ci? Mais cela devient effrayant, en vérité... vous me faites peur, monsieur. (Avec une terreur mêlée d'ironie.) Vous les enterrez donc toutes!

HECTOR.

Oh! trêve de railleries, madame, voilà trop long-temps que cela dure, et, prolonger encore cette mé-prise, ce serait presque une impiété... ce portrait est celui d'une parente, l'une de vos meilleures amies. (Il lui montre le portrait.) Voyez donc ces traits, ne les reconnais-sez-vous pas?...

MARIE, prenant le portrait.

Non... pourtant... mais cela ne se peut... Héloïse! serait-ce Héloïse? O mon Dieu!... Votre sœur morte!!!

HECTOR.

Hélas! oui, ma sœur n'est plus! Comprenez-vous maintenant?

MARIE, confuse.

Oh! Hector! je comprends vos larmes maintenant... Et moi qui pensais... Ah! je me reproche ces mouve-ments injustes... ces soupçons. Oh! c'est indigne à moi... Mais pourtant, la jeune et poétique personne, et l'autre, tout cela est loin d'être un conte, une fiction.

HECTOR.

Pourquoi parler de l'autre? Et quant à la jeune An-glaise, rassurez-vous; elle est, je ne sais plus à combien de lieues d'ici, mariée à un millionnaire de ses compa-triotes, à un marchand de cotonnades, je crois...

MARIE.

Mais où cela?

HECTOR.

Où? à Bamboui-Ching, chez les Mongols.

MARIE.

Dieu soit loué!... Mais alors pourquoi me parler de tout cela et ne pas me dire tout simplement...

HECTOR.

Tout simplement, quoi!... Vous dire de but en blanc : « Vous savez, Héloïse est morte. » Pourquoi plutôt ne pas vous amener peu à peu à la connaissance de ce malheur qui vous frappe tout aussi douloureusement que moi, je pense? N'était-elle pas votre meilleure amie, et ne disiez-vous pas, il y a quelques jours, qu'après une si longue séparation vous seriez toute prête à faire le voyage d'Amérique pour revoir cette sœur bien-aimée? Avouez qu'agir autrement, ne pas vous ménager, c'eût été assez maladroit, cruel même.

MARIE.

Oh! je le sais, Hector, vous avez été même trop adroit, et je redoute presque votre habileté... Vous avez si bien su vous défaire d'un énorme poids qui, sûrement, devait chaque jour vous étouffer un peu plus... et Dieu sait ce que vous me réservez encore de révélations pareilles. Mais en même temps, il est vrai, vous avez su me rendre cette triste nouvelle moins sensible peut-être, et moins douloureuse.

HECTOR.

Quant aux révélations que vous redoutez encore, oh! rassurez-vous, chère comtesse, je vous ai tout dit... Mais vous pensez juste en parlant de ma politique anodine; et, vous le dirai-je? je voulais aussi vous étudier un peu, connnaître quelques-unes des nuances de votre caractère qui, sans être parfait en tous points, permettez-moi de vous le dire, ne vous rend cependant qu'encore plus adorable et plus charmante à mes yeux... Puis, une fois lancé dans le souvenir de mes fautes passées...

MARIE.

Dites plutôt de vos crimes, monsieur!

HECTOR.

De mes crimes! Soit, je me suis trouvé comme pris tout à coup aux engrenages d'une roue qui, tournant sans cesse, m'entraînait au delà de ce que je n'eusse voulu... Aussi j'éprouvais alors comme un âcre plaisir à vous faire connaître ce qui, en effet, obsédait ma conscience, certain que j'étais du pardon, une fois vos soupçons dissipés.

MARIE.

Et vous êtes bien sûr du pardon ?

HECTOR.

Oh ! entièrement, comtesse.

MARIE.

En vérité, comte, vous êtes d'une suffisance, et vous mériteriez...

SCÈNE V

LAFLEUR entre par une porte en même temps que FANCHETTE par l'autre.

LAFLEUR.

Monsieur le comte, Jean demande s'il peut changer les chevaux, ils sont fort maltraités par l'orage de tantôt ? Doit-il atteler Castor et Pollux ? le temps est remis...

FANCHETTE, tenant un châle à la main.

Madame, voici plutôt le châle bleu, le soleil est superbe ; et puis le bleu vous va si bien ! (Le comte et la comtesse se regardent à la dérobée.)

HECTOR.

Eh bien!... comtesse, allez-vous me quitter à présent?

MARIE, se retournant vers les domestiques, qui se tiennent au fond.

Dites qu'on dételle; et vous, Fanchette, vous pouvez reposer ces infortunés châles!... (Les gens sortent.) — (Au comte.) Voici ma main, Hector, je vous pardonne tout !... Puisse le souvenir de cette journée nous rendre le bonheur en chassant jusqu'au dernier nuage.

HECTOR.

Oui, chère et bonne Marie, à l'avenir notre ciel sera toujours d'azur. L'enseignement a été rude pour tous deux, mais il portera ses fruits. Je vois qu'un peu de diplomatie ne nuit pas, mais que trop avec sa femme serait en abuser.

MARIE.

Oh! quel abus vous en avez fait, de votre diplomatie! Dieu veuille, Hector, que cela vous ait corrigé... De mon côté, j'ai appris qu'il vaut mieux ne pas se livrer trop promptement à des soupçons qui, mal fondés pour le présent, nous amènent à pardonner trop aisément les fautes du passé.

HECTOR, prenant une des mains de la comtesse, puis lui donnant le bras.

Vous êtes adorable, chère amie, vous avez plus que de l'esprit, vous avez un cœur d'or, et maintenant, moi-même je vous le demande, rendons-nous chez votre mère, nous y signerons notre paix, car, voyez-vous, le poëte l'a bien dit :

> Tout en amour offre des charmes,
> Et l'on s'aime plus tendrement
> Quand un sourire naît des larmes
> Après l'orage d'un moment.

FIN DE LA PIÈCE

MADEMOISELLE DE LONGPRÉ

COMÉDIE EN UN ACTE

A MONSIEUR

LE

COMTE D'OBERNDORF

A BADEN-BADEN

Mon cher Comte,

En souvenir des conseils recueillis près de vous, je vous fais hommage de cette petite comédie que vous connaissez déjà, mais que vous relirez peut-être, ce dont je serai on ne peut plus flatté.

Croyez à l'expression de ma sincère gratitude.

H. T. F.

Baden-Baden, le 1er novembre 1865.

MADEMOISELLE DE LONGPRÉ

PERSONNAGES

———

Félix DE LONGPRÉ.

Le comte GASTON DE PONTVIEL.

Fernande DE LONGPRÉ, fille de Félix.

La marquise DE BRILLANCOUR

Un Domestique.

———

La scène se passe à Saint-Germain près Paris, chez M. de Longpré, en septembre 1865.

MADEMOISELLE DE LONGPRÉ

Salon au rez-de-chaussée d'une habitation à la campagne.

SCÈNE PREMIÈRE

GASTON, seul et regardant par une des croisées.

Enfin, je la vois... Elle est avec son père. Mais qu'y a-t-il? De quoi causent-ils avec tant d'animation? Depuis quelques jours je remarque bien du nouveau... Que se passe-t-il? Je veux le savoir. M. de Longpré me reçoit toujours avec la même cordialité, et je viens régulièrement de Paris ici trois fois dans la semaine : il me reproche presque de ne pas venir plus souvent. Certes, la distance est nulle et le reproche flatteur ; mais sa fille, mademoiselle Fernande, ma cousine, celle enfin qui seule au monde ferait le bonheur de toute mon existence, elle est toujours la même : indifférente et froide

4

à désespérer un marbre. Oh! cœur insensible et qu'on dirait incapable d'éprouver la moindre de ces émotions qu'à son âge on éprouve toujours! Cacherait-elle sous ces dehors de froideur quelque grand sentiment? Y aurait-il du roman dans son existence? Je ne le crois pas, elle me paraît trop franche et trop enjouée pour cela; d'ailleurs, je ne l'ai vue coquette avec personne. Dieu! que je ne vienne pas à la connaître autrement! ce serait atroce pour moi, car je l'aime et je suis jaloux... Ce voisin, ce jeune marquis, me donne de l'ombrage; mais elle n'est guère plus aimable avec lui qu'avec moi. Me tromperais-je? Il faut que je sache tout, et cela aujourd'hui même, de suite; oui, je suis décidé à tout, plutôt que de vivre plus longtemps dans cette incertitude... Mais, la voici...

SCÈNE II

GASTON, FERNANDE, puis LONGPRÉ. — GASTON salue FERNANDE.

FERNANDE, descendant la scène.

Ah! vous voilà, monsieur de Pontviel...

GASTON, allant au-devant d'elle et lui serrant la main.

Comme vous voyez, mademoiselle, me voilà, et depuis un grand quart d'heure.

SCÈNE III

LONGPRÉ, entrant.

Eh ! bonjour, mon cher Gaston ; nous vous avons fait attendre peut-être, excusez-nous : ma fille et moi, nous venons de faire le tour de l'étang ; nous causions de vous... Mais votre santé est bonne, n'est-ce pas ? Et quelles sont les nouvelles du fléau ? Comment se porte Paris ?

GASTON.

A ce qu'il paraît beaucoup mieux, mais, à dire vrai, je ne m'en occupe guère, mon cher monsieur de Longpré. Que m'importe Paris malade ou bien portant ? Le monde entier n'est-il pas ici pour moi ? N'êtes-vous pas mon unique, mon meilleur ami ?

LONGPRÉ.

Flatteur, va ! Je sais pourquoi vous me parlez ainsi, mais je ne vous en aime que mieux. (Regardant Fernande qui semble absorbée dans un ouvrage de tapisserie.) Et dire pourtant que si ma fille n'était pas aussi jolie, aussi belle, car elle l'est, n'est-ce pas ? C'est tout ma femme, il y a vingt-trois ans !... Eh bien ! monsieur mon neveu, vous ne me trouveriez ni si aimable, ni si unique, ni... enfin tout ce que vous voulez bien me dire.

FERNANDE.

Les voilà qui brûlent leur encens, laissons-les à leurs extases. (Elle se retire emportant son ouvrage.)

SCÈNE IV

GASTON et LONGPRÉ.

GASTON.

Ne croyez pas, monsieur, que je mette tant de politique dans mes sentiments, mais il est certain que mademoiselle Fernande est pour beaucoup dans tous les mouvements de mon cœur. (S'apercevant de l'absence de Fernande. — A part.) Déjà partie! (Haut.) C'est votre fille, n'est-ce point tout dire!

LONGPRÉ.

Quel Amadis doublé de Metternich vous faites!

GASTON.

Oh! que non, loin de ressembler à ces héros, à ces

génies, je ne vis que de sentiments simplement et pro-
fondément vrais ; je ne connais pas les grandes preuves
qui persuadent, les belles phrases insinuantes, les ruses,
les finesses de certains hommes ; je ne comprends pas
la froide diplomatie du cœur, ni l'autre extrême non
plus ; je veux parler de ces élans romanesques qui
ne sont, selon moi, que de superbes bulles de savon
dont il ne reste plus rien dès qu'un souffle contraire les
agite ; je suis de ces hommes timides lesquels ne
savent aimer que simplement et naïvement peut-être,
mais qui du moment où ils ont osé dire à une femme :
« Je vous aime, » oh ! cette femme peut compter alors
sur cet amour.

LONGPRÉ.

Tudieu, quelle éloquence ! L'entends-tu, Fernande ?
Tiens ! elle n'est plus là, c'est dommage, je croyais votre
cause gagnée aujourd'hui ; bast ! il faudra me réchauffer
tout cela.

GASTON.

Je n'oserais jamais parler ainsi devant mademoiselle
Fernande, elle est trop sceptique pour que je me hasarde
de tenir un pareil langage ; mais dites, de grâce, serait-elle souffrante ?

LONGPRÉ.

Ma fille ? non pas que je sache. Elle vient de recevoir

quelques nouveautés de Paris, et vous comprenez l'impatience féminine à ce sujet.

GASTON.

Certes, oui, je comprends; mademoiselle Fernande passe ses nouveaux atours en revue, et, après un petit bonjour dit du bout des lèvres, elle s'est hâtée de me tourner le dos.

LONGPRÉ.

Voyons, mon ami, vous vous exagérez tout.

GASTON.

Nullement; ma situation est même fort nettement dessinée, et en vérité je ne puis l'endurer plus longtemps... Quel rôle est donc le mien? Son indifférence, ses dédains m'accablent! Que viens-je faire ici? Recevoir chaque fois une preuve de sa froideur désespérante... Oh! non, cela doit cesser, je me retire, mon cher oncle, ma place n'est plus ici, je dois cesser de vous fréquenter désormais...

SCÈNE V

Les Précédents, FERNANDE, un chapeau de jardin à la main.

FERNANDE.

Voyez, mon père, ce chapeau, c'est la nouvelle mode, jamais je ne me déciderai à mettre cela... Ne ressemble-t-il pas à un sabot retourné? Comment le trouvez-vous?

LONGPRÉ.

Chère amie, vous le savez, je ne m'entends pas en modes, mais voici monsieur de Pontviel, un Parisien, que je présume bien mieux au courant...

GASTON, prenant le chapeau et l'examinant.

Certes... si j'avais à donner mon avis, je me rangerais à celui de mademoiselle Fernande, la forme de ce chapeau est en effet par trop excentrique et presque barroque.

FERNANDE, reprenant le chapeau avec un mouvement d'impatience.

Ah! mon Dieu! vous vous y entendez si peu que votre avis me décide...

GASTON.

Et à quoi donc?

FERNANDE.

Il me décide à garder cette coiffure aussi barroque qu'elle puisse vous paraître; après tout, ces plumes sont superbes. (Elle s'approche d'une glace.) Et puis, que fait la forme si elle vous sied? D'ailleurs c'est la mode, monsieur, et il n'y a plus rien à dire.

LONGPRÉ, prenant sa fille à part.

En vérité, vous prenez à tâche de tourmenter aujourd'hui plus que jamais votre cousin. Regardez-donc! Voyez le pauvre garçon! Vous lui faites mal.

GASTON, à Longpré.

J'allais me retirer tantôt lorsque mademoiselle Fernande entrait. Je regrette presque de n'être pas sorti un instant plus tôt... Adieu, monsieur, (Saluant Fernande sur le seuil de la porte.) mademoiselle!

SCÈNE VI

FERNANDE et LONGPRÉ.

FERNANDE.

Il est charmant, votre neveu! Quelle mouche le pique

donc? Je n'ai rien dit pour le faire fuir, il me semble...
Son extrême susceptibilité est vraiment étrange, mais,
est-ce une preuve d'esprit?

LONGPRÉ.

Ma chère enfant, l'esprit n'y est que pour bien peu,
quand le cœur parle...

FERNANDE.

Selon moi, il vaut mieux que l'esprit domine le cœur;
monsieur de Pontviel ne le comprend pas, tant pis pour
lui, je n'ai qu'à le plaindre.

LONGPRÉ.

Bon, bon, assez comme ça; arrêtons-nous là de grâce.
Je serais incapable de soutenir de pareilles thèses, avec
vous surtout; vous seriez de force à nous tenir tête à nous
tous. Mais, je ne change pas mes idées pour cela et je
soutiens que vous avez tort d'en agir ainsi avec Gaston.

UN DOMESTIQUE.

Voici une lettre pour monsieur.

LONGPRÉ, prenant la lettre.

Tiens! c'est de la marquise, notre voisine de campagne! Comme elle se souvient de nous, elle, dans son
cher Paris! Voyons! que va-t-elle nous dire? (Le domestique
sort. — Longpré lisant la lettre).

« Je serai laconique, cette fois, mon cher de Long-
« pré, parce que en deux mots je puis vous tout dire. Le
« procès qui me retient ici touche à sa fin. Mon fils,
« ainsi que moi, nous aimons Paris, vous le savez, mais
« Henri aime encore mieux Saint-Germain, c'est-à-dire
« notre campagne et ses environs ; les environs surtout
« il les trouve ravissants, c'est donc vous dire que nous
« arriverons bientôt. Mes meilleurs compliments à ma-
« demoiselle Fernande, et dites-lui que, si je puis lui être
« bonne à quelque chose ici, elle m'écrive bien vite,
« trop heureuse, etc., etc.

« Marquise ATALANTE DE BRILLANCOUR. »

(Parlé.) C'est qu'en vérité elle a été laconique cette fois,
trop peut-être, puisqu'elle n'annonce pas le jour de son
arrivée ! (A part.) Puisse-t-elle tarder le plus longtemps
possible !

FERNANDE.

Ainsi la marquise ne dit positivement pas quand elle
viendra, c'est fâcheux ; mais enfin les grandes chaleurs
la ramèneront bien ici : c'est que la santé si délicate de
M. Henri de Brillancour demande plus de ménagements
que l'existence de Paris ne peut en offrir. Ah ! j'y pense,
mon père, si vous écrivez à la marquise, dites-lui qu'elle
veuille bien passer chez madame Carpentier pour lui
annoncer que je me décide pour la robe rose plutôt que
pour celle couleur mauve ; le rose est plus en harmonie

avec mes idées du moment ; je veux du rose, c'est plus
gai...

LONGPRÉ.

C'est parfait ; mais, si dans cinq minutes vous
changiez de couleur, je veux dire d'idée, comment faire ?

FERNANDE.

La marquise ne revient-elle pas avec M. Henri, son
fils ?

LONGPRÉ.

Voilà une réponse posée en style oratoire, ma fille.
Vous êtes née pour être président d'une assemblée quelconque, ou plutôt avocat à la Cour impériale ; oui, avocat, c'est bien le mot. Mais l'heureux client mérite-t-il
plutôt que notre Gaston votre zèle, votre intérêt ?

FERNANDE.

Écrivez vite, mon père, ou l'occasion serait manquée.

LONGPRÉ.

Bon, bon, c'est bon, j'y vais, j'y cours. Dieu sait si
je vous gâte et à quel point !

FERNANDE.

Ah ! puisque vous allez écrire, dites en même temps
à notre chère marquise qu'elle n'oublie pas ce qu'elle

m'avait promis, vous savez, de veiller à l'ensemble du
petit mobilier bleu de ciel pour ma chambrette... Ah!
j'y pense, qu'elle prenne un abonnement à la *Nouvelle
Gazette des Modes*... C'est un charmant recueil qui me
rendra toute heureuse, mon bon petit père.

LONGPRÉ.

Bon, bon, tout sera fait selon vos désirs, mademoiselle.

(Il sort.)

SCÈNE VII

FERNANDE, seule.

Ah! monsieur de Pontviel, vous êtes susceptible à ce
point, et vous semblez haïr la toilette, l'élégance... Ne
faudrait-il pas pour vous rendre heureux s'habiller en
toile écrue? Au fait, je le conçois, mille francs par mois
en tout et pour tout, pauvre garçon! je ne pense pas
qu'avec un tel budget on puisse pencher pour le luxe.
C'est pourtant tout ce qui lui manque, à mon cousin; car
je lui rends justice, il est rempli de talents et de belles
qualités, il a de l'esprit et du cœur... Oh! oui, il en a,
je le crois, mais son amour est-il sincère? Je devrais
l'éprouver encore. Que n'a-t-il la fortune du marquis?

Je serais rassurée sur la sincérité de ses sentiments.
M. de Brillancour pourquoi m'aime-t-il, si ce n'est
pour moi-même? Que lui font, à lui, mes millions?
Aussi est-il vraiment splendide en tout ce qui tient à
l'existence. Dieu, quel double plaisir cela doit être,
que de pouvoir se créer son propre bonheur et puis
celui de ne voir partout que des envieux! Avec des
millions et du goût on écrase, on domine! Vous avez
beau écrire des brochures, monsieur Dupin, vous prê-
chez dans le désert, et puis cela vous sied bien à vous de
parler du *choléra-luxus*, à vous qui avez le luxe des
places, des charges et des dignités, et par-dessus tout
encore le luxe de la parole! Laissez donc à nous autres,
pauvres femmes, le luxe des chiffons!

SCÈNE VIII

GASTON entre timidement.

Que mon retour ne vous contrarie pas, mademoiselle,
je ne m'arrêterai guère; je viens seulement pour vous
faire mes excuses au sujet de ma sortie de tantôt, et pour
vous dire toute la peine que j'en éprouve. Ma vivacité
pouvait être justement motivée, mais.....

FERNANDE, l'interrompant.

Mon père n'est pas là, monsieur, et, si vous voulez le voir, vous le trouverez, je pense, dans le petit salon.

GASTON.

Oh! de grâce, finissez..... vous savez pourquoi, malgré votre indifférence, votre dureté, vos dédains, tout me ramène près de vous. Eh bien! sachez-le une fois de plus, pour la dernière fois peut-être, je vous aime, mademoiselle, à en perdre la raison, et aujourd'hui, entendez-vous, aujourd'hui, si vous m'y poussez, je suis décidé à rompre l'enchantement inexplicable qui m'attire ici, oui inexplicable, car, après tout, je devrais me décider...

FERNANDE.

Vous décider? Et à quoi?

GASTON.

A ne plus revenir ici, à ne plus songer à mes rêves, pour me jeter enfin corps et âme dans le tourbillon d'une folle existence qui est le gouffre de l'oubli.

FERNANDE.

Pourquoi vous jeter dans cet affreux gouffre? Côtoyez-le seulement, et l'oubli se fera.

GASTON.

Cessez le persiflage, mademoiselle, il n'est vraiment plus de mise. Vous voyez devant vous un homme prêt à accomplir une action honteuse, presqu'une infamie, et cela pour rompre à jamais avec le bien, avec l'honnête, avec l'honneur.

FERNANDE.

Vous m'intéressez..... Voyons, continuez votre belle tirade tragi-comique, c'est qu'en vérité elle est fort... divertissante.

GASTON.

Oh! c'en est trop, adieu! (Il s'éloigne vivement et se retournant sur le seuil de la porte.) Mademoiselle, adieu.

(Il sort.)

SCÈNE IX

FERNANDE, seule.

Il est fou, ma parole! Mais aussi pourquoi le pousser à bout? Loin de se décourager, il ne fait que s'attacher de plus en plus à l'idée de prétendre à ma main... Mon père, il est vrai, l'encourage : mais ne suis-je pas déjà

plus que majeure et n'ai-je pas le droit d'être sincère?
Par mille riens je cherche à l'éloigner ou, pour dire
vrai, à mieux l'étudier, mais il revient continuellement à
la charge. Cette fois encore, mon bataillon carré l'a bien
vite repoussé, trop bien peut-être. Que veut-il dire par
ces grands mots de déshonneur, d'infamie, que sais-je?
Il a voulu m'effrayer, sans doute; il est trop noble et
trop bien élevé pour faire n'importe quelle action blâ-
mable.

SCÈNE X

LONGPRÉ, rentrant.

C'est fait..... Puis-je mieux vous complaire, grande
enfant gâtée que vous êtes ! Vous aurez votre mobilier
bleu de ciel, votre journal et votre robe rose; rien n'est
changé, j'espère, dans la palette de vos idées.

FERNANDE.

Non, mon père.

LONGPRÉ.

Qu'as-tu? Je te trouve moins enjouée que tantôt; y
aurait-il du nouveau, par hasard? Je vous préviens que
la lettre est partie.

FERNANDE.

Ah! eh bien, tant mieux... Vous savez, M. de Pontviel sort d'ici.

LONGPRÉ.

Tiens, il est revenu et le voilà reparti; qu'est-il venu
faire?

FERNANDE.

Il est venu s'excuser de sa vivacité de tantôt; puis il
m'a dit d'être sur le point de prendre un parti décisif,
j'ignore lequel.

LONGPRÉ.

Ah! que vous disais-je dans le parc, ce matin? Cessez
de le tourmenter; écoutez enfin son cœur, écoutez-moi
aussi, moi qui suis votre père.

FERNANDE, avec quelque impatience.

Encore! Je pensais pourtant vous avoir persuadé, ce
matin, et nous voilà de nouveau relancé dans nos opi-
nions si divergentes. Je ne puis me décider, je vous le
répète, mon père, à une alliance qui ne flatte que la
vanité du nom; un beau nom, certes, c'est un luxe
enviable; mais ce nom, fût-il celui d'un Montmorency,
qu'est-il sans une fortune opulente? Il n'est que plus
difficile à porter, voilà tout.

LONGPRÉ.

C'est pourquoi nos millions le remonteront; nous devons cela au fils du frère de votre mère, une Pontviel.

FERNANDE.

Je comprends ceci, et je vois votre combinaison ingénieuse, mon père; mais aussi ma dot ne serait-elle pas le but d'une autre combinaison de la part de M. de Pontviel?... Et, d'ailleurs, le nom de Brillancour n'est-il pas tout aussi illustre dans la grande aristocratie?

LONGPRÉ.

Vous êtes bien injuste envers Gaston, lui, l'homme le moins intéressé de la terre; et quant à la question nobiliaire, vous ne vous y entendriez guère, ma fille; les Pontviel, voyez-vous, remontent aux croisades, et les Brillancour à Louis XIV. Les millions des Brillancour ont tout fait pour eux, et c'est l'épée des Pontviel qui a fait les Pontviel! Mais laissons en repos les cendres des aïeux aussi bien que les millions des Brillancour, nous avons les nôtres, pourquoi en acheter lorsque nous en aurions à revendre?

FERNANDE.

C'est cela... dites plutôt me vendre en m'achetant un nom qui flatterait votre vanité et votre immense amour-propre, bien plus que vos tendres sentiments de la famille.

LONGPRÉ.

Ma fille, quel langage !

FERNANDE.

Oh ! laissez-moi tout vous dire une bonne fois, cela mettra fin à nos éternelles discussions, vous verrez l'inutilité de vos efforts et saurez que votre enfant unique, que votre fille, parvenue à sa vingt-troisième année, est bien un peu maîtresse d'elle-même. Je ne veux agir qu'en toute liberté d'action, sans influence aucune, sans trop écouter une inclination plutôt qu'une autre, et seulement après avoir mûrement pesé le pour et le contre, enfin je ne me déciderai jamais à rien sans faire appel à la prudence et au raisonnement.

LONGPRÉ.

Bon, bon, c'est assez comme cela, vos raisonnements partent comme des fusées et j'en suis tout abasourdi.

FERNANDE.

Vous vous rendez donc, mon père, vous m'accordez ainsi le choix de mon avenir.

LONGPRÉ.

J'accorde tout, pourvu que cela puisse vous rendre
heureuse et me donner la tranquillité.

UN DOMESTIQUE, annonçant.

Madame la marquise de Brillancour. (Le domestique sort.)

LONGPRÉ.

Comment ! la marquise... déjà !

SCÈNE XI

FERNANDE, LONGPRÉ, LA MARQUISE, mise avec recherche, mais sans
goût, et fort peu à la mode. Elle entre vivement.

LA MARQUISE.

Bonjour, mon cher monsieur de Longpré ; bonjour,
mademoiselle Fernande. On ne m'attendait pas de sitôt,
je crois ; mais moi-même pouvais-je prévoir ce qui arrive ?...

LONGPRÉ.

Et qu'arrive-t-il ?

FERNANDE.

Dites-nous, chère marquise...

LA MARQUISE.

En vérité, je ne sais si je dois; mais après tout pourquoi pas? Écoutez... Oh! mais vrai, je n'en puis croire encore ni mes yeux, ni mes oreilles; figurez-vous que tout à l'heure..... Non, décidément, je ne puis vous le dire, ce serait peut-être mal, et je pourrais peut-être faire de la peine à quelqu'un ici...

LONGPRÉ.

A qui donc? à ma fille? Voyons, de quoi s'agit-il, chère marquise? Vos réticences deviennent cent fois plus pénibles que ne le sera, j'espère, tout ce que vous pourrez nous dire.

FERNANDE, à part.

Je crois deviner, mais si je reste je ne saurai rien. (Haut.) Je me retire; mais vous, mon père, vous m'apprendrez, n'est-ce pas?

LONGPRÉ.

Nous verrons cela, ma fille. (Fernande sort.)

SCÈNE XII

LONGPRÉ et LA MARQUISE.

LA MARQUISE.

Eh bien, voici la chose. Figurez-vous que tantôt, au
moment où le train..... Mais sachez d'abord ce qui a
motivé mon départ de Paris : Je viens chercher quelques paperasses d'affaires qui se trouvent chez moi. Au
moment donc où le train arrivait ici, je reconnus bras
dessus, bras dessous,... devinez qui? voyons, devinez ?...

LONGPRÉ.

Mon Dieu ! que vous êtes prolixe en ce moment, marquise !

LA MARQUISE.

Ah! vous ne devinez pas? eh bien, je reconnus le
comte Gaston de Pontviel.

LONGPRÉ.

Et voilà tout? Qu'y a-t-il donc de si étrange? Mon

neveu était ici il y a une heure à peine, et il se sera rencontré avec un sien ami.

LA MARQUISE.

J'ignore d'où il venait, mais je sais où il allait et avec qui.

LONGPRÉ.

Et que m'importe après tout où il allait, et que peut me faire avec qui il pouvait être?

LA MARQUISE.

Tout cela dépend... Certes, je ne vous en parlerais pas si cette compagnie était avouable, mais bien loin de là...

LONGPRÉ.

Que voulez-vous dire?

LA MARQUISE.

Puisque vous ne devinez pas, puisque vous ignorez tout, je le vois, c'est bien de mon devoir de vous éclairer sur ce qui se passe; car, en vérité, on abusait un peu trop de votre bonne confiance.

LONGPRÉ.

Comment cela?

LA MARQUISE.

Eh bien, mon cher monsieur de Longpré, sachez que
M. de Pontviel ne vient pas ici uniquement pour vous
voir, vous et votre fille.

LONGPRÉ.

Pourquoi le pensez-vous?

LA MARQUISE.

Pourquoi? parce que...

LONGPRÉ.

Achevez donc !

LA MARQUISE.

Eh bien, voici : M. de Pontviel connaît le chemin d'un
certain pavillon aux volets verts qui est situé au fond de
ce joli jardin sur la droite de ma propriété... par
là... vous voyez... (Elle indique la direction en s'approchant d'une
croisée.) Cette villa est habitée par... mais enfin, vous le
savez...

LONGPRÉ.

Non, madame, je ne sais rien.

LA MARQUISE, à part.

Quelle innocence, mon Dieu ! (Haut.) Sachez donc que le
comte Gaston, votre neveu, vient d'enlever la Palmetti,

une femme à la mode, l'idole de Paris, que sais-je? une danseuse à l'Opéra.

LONGPRÉ, avec agitation.

Ciel, que dites-vous! Cela ne se peut!... C'est une méprise... Il faut que je sache...

LA MARQUISE.

Heureusement que pour votre fille cet événement n'a pas toute la portée qu'il pourrait avoir si elle tenait à votre neveu...

LONGPRÉ, avec animation.

Mais j'y tenais, moi... Hélas! le voilà perdu dans l'esprit de chacun... Comment, lui, Gaston... (S'emportant.) Oh! c'est infâme!

SCÈNE XIII

LA MARQUISE, LONGPRÉ et FERNANDE.

FERNANDE, entrant vivement.

Qu'avez-vous, mon père? Vous m'avez effrayée. Qui injuriez-vous de la sorte?

LONGPRÉ, cherchant à cacher son trouble.

Moi, personne... C'est-à-dire oui, je le répète, c'est infâme !

FERNANDE.

Mais dites... Qu'est-ce, marquise? Je vous en prie, parlez... vous, du moins... Puis-je savoir?

LONGPRÉ, avec vivacité.

Oh ! non, qu'elle ne sache rien !... Au fait, pourquoi lui cacher? Qu'elle le sache, au contraire, et que sur moi retombe tout le ridicule... Chère enfant, je vous dirai tout ; d'ailleurs, vous deviez en savoir beaucoup, cela m'explique maintenant votre froideur envers le comte.

FERNANDE, à part.

Je m'en doutais, c'est de lui qu'il s'agit. (Haut.) Mais, qu'est-ce enfin? J'ignore tout, mais aussi je puis m'attendre à tout, car M. de Pontviel me disait tantôt que je pourrais bien avoir à rougir d'être sa cousine.

LA MARQUISE, avec une satisfaction mal contenue.

Ah ! il vous disait cela, le digne garçon? Et à quel propos?

LONGPRÉ.

Qu'importe... à quoi bon ces questions? Disons-lui plutôt...

LA MARQUISE.

Oui, c'est juste ; mais vraiment je suis au désespoir d'avoir jeté tout ce trouble dans votre intérieur. Pouvais-je cependant vous laisser ignorer de semblables circonstances ? L'intérêt que je porte à mademoiselle Fernande m'a décidée, et je crois avoir pris le plus droit chemin. Maintenant, je vous laisse, voici la cloche du départ, et je dois encore passer chez moi pour ces papiers d'affaires. Au revoir, mon cher monsieur de Longpré ; au revoir, mademoiselle Fernande, ce soir je serai de retour à Paris, et bientôt je reviendrai vous voir.

LONGPRÉ.

Oui, revenez bientôt, adieu et merci... Mais, prenez mon bras, marquise, jusqu'à la grille, au moins.

LA MARQUISE.

Non, non, restez. (Bas au marquis et désignant mademoiselle Fernande.) Parlez-lui, je crois que vous pouvez tout lui dire... (Haut.) Adieu. (Elle sort.)

SCÈNE XIV

FERNANDE, LONGPRÉ.

LONGPRÉ.

Puisque nous en sommes là, à quoi bon vous cacher

ce qui arrive, nous ne pouvons plus recevoir M. de Pontviel. Sa conduite envers vous a été par trop indigne.

FERNANDE.

Mais, pourquoi? Dites-le-moi, mon père.

LONGPRÉ.

La marquise l'a vu tantôt donnant le bras à cette
femme toujours si élégante, tu sais, et c'est pour elle
qu'il venait ici; il cachait son jeu; nous étions des
écrans, des paravents, des plastrons enfin.

FERNANDE, avec vivacité.

Mais, qu'est-elle, cette femme?

LONGPRÉ.

Il paraît que c'est une certaine Palmetti, une danseuse
à la mode.

FERNANDE.

Je comprends tout à présent; certes cela est indigne,
mais ce n'est pas pour cette femme que le comte venait.
C'est un coup de tête qu'il vient de faire et je suis sûre
qu'hier il ne la connaissait pas.

LONGPRÉ.

Bon, voilà que votre esprit archi-bizarre vous porte
à le défendre maintenant.

FERNANDE.

Je ne défends personne, mon père, mais j'avance une
certitude, c'est-à-dire que je m'accuse d'être la cause de
cette escapade du comte.

LONGPRÉ.

Comment, vous traitez cette action de simple escapade ?

FERNANDE.

Écoutez, mon père, si chacun va lui jeter la pierre,
ne dois-je pas vous suggérer l'indulgence ?

LONGPRÉ.

Nous aurions beau vouloir être indulgents, chacun
va rire de notre... de ma confiance, de ma bonhomie ;
et cela ne changera rien à ta position presque compro-
mise, ma fille. Il faut bon gré, mal gré, rentrer dans tes
vues, décidément tu étais dans le vrai ; je vais écrire à
la marquise comme quoi je consens à accorder ta main
à son fils.

FERNANDE.

N'en faites rien, mon père, ce serait impolitique dans
ce moment : vous auriez l'air de vouloir sauver la situation. Je pense, d'ailleurs, que le marquis ne tardera pas
et qu'il n'aura rien de plus pressé que de venir nous annoncer la nouvelle ; sachons attendre.

LONGPRÉ.

Une fois dans ma vie, vous me laisserez, j'espère, agir
à ma guise ; encore, n'est-ce sans doute que ce que vous
désirez, mademoiselle la grande rusée.

(Il sort.)

SCÈNE XV

FERNANDE, seule.

Oui, malgré tout, j'en suis sûre, il m'aime, mais comment tout concilier ? Mon père, le monde, seront contraires... Et puis, comment oserais-je avouer mon secret ?
Et lui ; Gaston, voudra-t-il lui même de ce mariage à
présent... Je suis cruellement punie ; ô mon Dieu, car
je le sens plus que jamais, je l'aime... Pauvre Gaston. (Elle
se laisse tomber sur un canapé.)

SCÈNE XVI

FERNANDE, GASTON.

GASTON entre les habits en désordre, un mouchoir lui serre le haut du
bras droit.

Oui, vous dites juste : « Pauvre Gaston ! » Mais il est

trop tard, je viens de me perdre dans votre estime et dans celle de votre père.

FERNANDE, se levant.

Je sais tout... mais, n'êtes-vous pas blessé?

GASTON.

Je viens de me battre avec M. de Brillancour.

FERNANDE.

Et à quel sujet?

GASTON, avec un sourire forcé.

Ah! vous ne savez pas tout alors... vous ne savez donc pas que je lui ai enlevé sa maltresse?

FERNANDE.

Qui? cette femme? que dites-vous? C'était!... Ah! mon Dieu, que se passe-t-il donc.

GASTON.

Rien que le dénoûment de tout ce que vous avez amené.

FERNANDE.

Ah! c'est horrible!...

SCÈNE XVII

FERNANDE, GASTON et LONGPRÉ.

LONGPRÉ, tenant une lettre à la main.

Vous, monsieur, ici? Que veut dire?...

FERNANDE.

Il est blessé, mon père, souffrez un instant sa présence.

LONGPRÉ.

Blessé?... Pourquoi?... Qu'est-ce encore?

GASTON.

Ma présence ici, je le conçois, doit vous étonner, monsieur... Je suis venu poussé par une force irrésistible; je voulais vous revoir un instant avant notre éternelle séparation, mais cette infernale puissance me retient, et c'est pour vous dire que si je suis sous le coup de votre indignation, d'autres ont égale part à ce sentiment mérité.

LONGPRÉ.

D'autres? Qui voulez-vous dire?

GASTON.

Mademoiselle Fernande le sait... libre à elle de se taire ; mais, avant ce soir d'autres parleront.

FERNANDE.

C'est moi qui parlerai, sachez donc, mon père, qu'il m'est désormais impossible de devenir la femme de M. Henri de Brillancour.

LONGPRÉ.

Quoi? comment? qu'est-ce?

FERNANDE.

Pas plus que d'accorder ma main au comte de Pont-viel.

LONGPRÉ.

Oh ! ceci est une chose bel et bien établie ; mais, quant au marquis, c'est différent...

FERNANDE.

Nulle différence, mon père, M. de Brillancour vient de blesser en duel M. de Pontviel, parce que celui-ci lui avait enlevé cette Palmetti dont la marquise parlait tantôt...

LONGPRÉ.

Grand Dieu !... Comment !... Oh ! je suffoque... Et cet autre misérable trompait aussi ma confiance ! Et moi qui viens d'écrire cette lettre... triple idiot que je suis ! Oh ! mais je me vengerai ! Il faut que réparation se fasse...

FERNANDE.

Remettez-vous, mon père, voyons, courage ; je suis la seule réellement punie, et désormais je vous consacre toute ma vie ; mon avenir sera de la passer tout entière près de vous.

LONGPRÉ.

Je n'entends pas. ma fille, que votre existence soit brisée de la sorte... Je sais ce qu'il me reste à faire... (Il marche avec agitation, il s'assied, puis se lève, déchire la lettre, en jette les morceaux avec colère et se remet à marcher toujours fort agité.)

FERNANDE.

Mon père, calmez-vous.

GASTON , à part.

J'ai donc été trop loin, l'épreuve a été brutale, et les suites sont irréparables, je le vois. (A Fernande.) Oh ! que n'ai-je su le quart de ce que je crois entrevoir !

FERNANDE.

Que regrettez-vous ? Vous êtes arrivé à votre but.

Ne pouvant m'arracher un mot d'espoir, vous avez préféré être vous-même l'instrument de votre malheur ; puis, le hasard aidant, le contre-coup de l'atteinte portée à votre honneur a frappé votre rival. Quant à moi, à mon avenir, je bénis le ciel d'avoir été aussi providentiellement éclairée, et si un regret se glisse dans le secret de ma pensée, il restera à jamais enseveli dans les replis les plus profonds de mon cœur.

GASTON.

Que voulez-vous dire? Ne me tromperais-je pas? Votre cœur renferme un secret, et ce n'est pas le marquis que vous regrettez? Oh ! dites-le-moi, ne fût-ce que pour me punir, en me livrant aux regrets éternels d'avoir tout compromis.

FERNANDE.

Eh bien ! oui, que ce soit votre punition... Écoutez-moi, et vous aussi, mon père, écoutez... Je n'ai jamais aimé M. de Brillancour (Étonnement de Longpré.) ; une pensée folle et toute mondaine me poussait par caprice plutôt que par tout autre sentiment à l'idée de devenir sa femme ; son immense fortune et sa façon de la dépenser m'avait éblouie ; d'un autre côté, je ne voyais en M. de Pontviel qu'un homme dont les sentiments pouvaient bien n'être qu'influencés...

GASTON.

Que voulez-vous dire?

FERNANDE.

En un mot, je ne pouvais me croire sincèrement ai-
mée que par celui qui, grâce à sa fortune, ne me recher-
cherait pas pour les millions de ma dot.

GASTON.

Horreur ! (Il se couvre la figure de ses deux mains et tombe abattu
sur un siége.)

LONGPRÉ.

Assez comme cela ! que chacun ici porte sa peine ;
vous, monsieur de Pontviel, apprenez que l'on n'affiche
point un scandale pareil à celui que vous avez produit
sans avoir à rompre pour toujours avec le monde honnête, je ne vous retiens donc pas ; et vous, ma fille, vous
qui avez constamment dédaigné mes sages paroles, vous
qui avez préféré n'écouter que les combinaisons de votre
esprit plutôt que les mouvements intimes de votre cœur,
vous voilà donc condamnée à une existence désormais
brisée... Quant à moi, recevant le contre-coup de vos
deux existences bouleversées, je subirai, tout le reste de
mes jours, le regret d'avoir agi avec tant de faiblesse !

UN DOMESTIQUE.

On vient d'apporter cela pour monsieur.

LONGPRÉ prend un gros pli cacheté que lui tend le domestique ; il l'ouvre
précipitamment et en laisse échapper quelques billets de banque qui tom-
bent de tous côtés. — Le domestique sort.

Qu'est-ce cela ? (Lisant.) « Monsieur, veuillez remettre

« au comte de Pontviel les billets de banque ci-inclus
« qu'il a oubliés ce matin chez moi. Je n'accepte rien
« de ceux qui pourraient regretter une folie. Cela m'a
« été dicté, mais voici ce que j'ajoute : Je ne puis gar-
« der cet argent que M. de Pontviel m'a remis pour
« ma condescendance à le seconder dans je ne sais quel
« projet. Hier, je le connaissais à peine, et ce matin,
« il est venu me prier de me montrer avec lui le plus
« possible. J'ai cédé à cette fantaisie qui a été cause du
« duel, mais les suites sont telles que le mariage entre
« M. de Brillancour et votre fille ne peut qu'être rompu;
« je le répète donc, M. de Pontviel est quitte envers
« moi, et si j'ai pu lui être utile en quelque chose, lui
« m'a rendu mon amant.

                              « CLARA PALMETTI. »

(Après avoir lu cette lettre, Longpré la tourne et la retourne, puis il relit
des fragments et semble en vouloir disséquer le sens.)

                    GASTON, hors de lui.

Les misérables! quel affront! Les premiers mots sont
sûrement dictés par le marquis; malheur à lui! Cette
fois je ne le ménagerai point, et je vais de ce pas.....

                              (Il veut sortir.)

                    FERNANDE, le retenant.

Aveugle que vous êtes! ne voyez-vous pas que les
maladroits, voulant vous perdre entièrement, vous ont

au contraire disculpé à nos yeux et à ceux du monde
aussi? N'est-il pas vrai, mon père?

GASTON, s'approchant vivement de Fernande.

Oh! vous êtes mon bon ange... je le vois, merci!
et vous, cher oncle, vous...

LONGPRÉ, l'interrompant.

Moi? Eh bien! je n'y vois plus rien, je n'y suis plus
du tout..... Mais cette lettre, que prouverait-elle enfin, si
ce n'est que votre action de ce matin n'a été, en effet,
qu'une malencontreuse échappée d'écolier?.... Vous avez
voulu une épreuve... bien... vous avez réussi ; mais tout
n'est pas dit encore, et il vous faudra une terrible les-
sive, monsieur mon neveu, pour en sortir blanc et net...
Bast, c'est votre affaire, et si vous y parvenez, eh bien!
nous verrons après...

GASTON.

Je comprends! Oui; mais ma vengeance d'abord....
Je donnerais bien tout mon sang plutôt que d'être privé
de votre pardon. Adieu! adieu!

FERNANDE.

Dites au revoir, le ciel sera pour nous.

GASTON.

Pour nous, dites-vous? Oh! alors, rien n'est perdu,
au revoir!

LONGPRÉ, se laissant aller à son émotion.

Venez d'abord là dans mes bras, recevez cette acco-
lade qui sans doute vous fortifiera aussi ; mon pardon
vous est acquis. Allez maintenant conquérir celui que
ma fille n'ose pas vous donner et celui que le monde vous
refuserait encore.

SCÈNE XVIII

LES PRÉCÉDENTS.

LA MARQUISE accourant essoufflée et se jetant sur le canapé.
(Surprise générale.)

Secourez-moi..... secourez-moi, vous voyez combien
la douleur m'accable.

LONGPRÉ.

Que vous arrive-t-il, marquise ?

LA MARQUISE.

Je viens vous demander aide et consolation.

LONGPRÉ.

Mais à quel sujet ? Expliquez-vous, madame.

LA MARQUISE.

Vous voyez en moi une mère ayant perdu son fils
unique.

LONGPRÉ.

Que dites-vous ?

GASTON.

Madame, expliquez-vous. Votre fils n'a reçu qu'une
simple égratignure dans notre duel de tantôt, et c'est
moi qui, voulant l'épargner, ai reçu ce coup d'épée.....

LA MARQUISE, avec quelque aigreur.

Eh! mon Dieu, monsieur, je ne vous parle point du
duel.

FERNANDE.

Mais qu'est-ce alors? dites, marquise.

LA MARQUISE.

Oh! c'est affreux! Écoutez-moi! vous souvenez-vous
que tantôt, en vous quittant, je me hâtais d'aller chercher quelques papiers qu'il m'importait d'avoir..... pour
mon procès..... vous savez. Cela fait, j'arrivai à la gare,
mais trop tard... Je revins donc chez moi, et, cherchant
un livre, j'entrai dans la chambre de mon pauvre Henri ;
alors..... mais le courage me manque..... plaignez-moi
et dites-moi quelle va être désormais mon existence.

LONGPRÉ.

Achevez d'abord votre récit, chère marquise; c'est la première condition, il me semble. pour que je sois à même de vous donner quelques conseils ou des paroles de consolation...

LA MARQUISE.

C'est juste. Eh bien! j'irai jusqu'au bout, ou plutôt lisez..... (Elle tend une lettre à Longpré, puis s'assied et tire de sa poche un énorme mouchoir.)

LONGPRÉ, lisant la lettre.

« Ma bonne mère,

« Lorsque vous lirez ceci, je ne serai plus de ce monde.
« Ne me plaignez pas... puisque le bonheur peut se trou-
« ver dans cet autre monde, je vais y entrer à pleines
« voiles.

« Votre fils, HENRI. »

FERNANDE.

Un suicide !...

GASTON.

Est-ce croyable?

LA MARQUISE, sanglotant.

Le doute est impossible.

LONGPRÉ.

Attendez un peu, il y a un post-scriptum...

LA MARQUISE, avec étonnement.

Comment! mais je ne l'ai pas remarqué.

LONGPRÉ, lisant.

« N'allez pas croire à ma mort, au moins, c'était une
« métaphore. Si je quitte ce monde, c'est pour celui de
« la Palmetti qui m'enlève!... »

(Rire général, moins la marquise qui, en proie à divers sentiments,
se jette sur la lettre et la parcourt vivement.)

LA MARQUISE.

Voilà qui change tout; mais mon fils est en vie, c'est
l'essentiel!

LONGPRÉ.

Ainsi, cette mort n'est qu'une mort morale; à votre
place, marquise, c'est celle-ci que je déplorerais.

LA MARQUISE.

A ma place, dites-vous? Je vous trouve charmant...
Certes, ce qui arrive est déplorablement triste pour mon
fils; mais moi, sa mère, je préfère de beaucoup cette
mort morale. On peut encore en revenir, de celle-là; je
préfère qu'il vive. (Elle s'assied.)

LONGPRÉ.

Oui, qu'il vive! Mais souffrez que désormais son nom ne soit plus prononcé entre nous. Et maintenant, soyez la première à apprendre le prochain mariage de ma fille avec le comte Gaston de Pontviel, mon neveu. (Fernande et Gaston se jettent aux pieds de Longpré.) Levez-vous, mes enfants, levez-vous; et maintenant, vite, vite, faisons venir le notaire, en sorte qu'aujourd'hui même il y ait trois quarts de fait. Je crains trop de nouvelles complications, je me défie de tout à présent.

LA MARQUISE, se levant.

Allons, courage, il faut en prendre son parti. Que le bonheur soit avec vous au moins; moi, je vais tâcher de ramener ce pauvre fou d'Henri; ce sera désormais le seul but de mon existence. En attendant, me voilà bien arrangée! Cela m'apprendra de tant bavarder, et d'aller chercher la paille dans l'œil du voisin, lorsque j'ai une poutre dans le mien.

LONGPRÉ.

Nous avons tous eu notre part de leçon aujourd'hui, aussi chacun en profitera, moi le premier; au diable ma faiblesse! Je vais enfin avoir une volonté ferme, je vais montrer du caractère; mais à quoi bon maintenant? Ma fille, voilà désormais ta protection, ton esclave et ton maître.

FIN DE LA PIÈCE

UNE LEÇON MATRIMONIALE

COMÉDIE EN UN ACTE

A MONSIEUR

LE

DUC DE BEAUFORT

A BRUXELLES

Monsieur & cher Duc,

Laissez-moi placer votre nom en tête de ce petit ouvrage, vous y trouverez peut-être un souvenir de nos dernières causeries.

Croyez aux sentiments respectueux
De votre dévoué,

H. T. F.

Paris, le 3 décembre 1865.

7

UNE LEÇON MATRIMONIALE

PERSONNAGES

~~~~

Le baron BERNARD DE BONVAL, ancien député, 40 ans.
La baronne DE BONVAL, sa femme, 25 ans.
Le chevalier DE GUINONSAC, 20 ans.
JUSTINE, femme de chambre.
Un COMMISSIONNAIRE.

————

La scène se passe de nos jours à Paris.

UNE LEÇON MATRIMONIALE

Salon richement meublé, deux portes latérales, une porte au fond.

SCÈNE PREMIÈRE

LE BARON, entrant.

Ah! ma femme n'y est pas... Sans doute elle n'est pas
prête encore, car elle n'en finit jamais avec les minuties
de sa toilette. Quelle tête pleine de chimères!... Cependant le cœur est bon, excellent, et elle m'aime, je le
crois; mais ce qu'il y a de déplorable, c'est sa manie de
vouloir faire de la vie un roman. Dans les premiers
temps, c'était supportable; mais, depuis que ce fat de
chevalier s'est mis à lui débiter une foule de fadaises,
ses idées se révoltent contre l'uniformité de notre existence. Oui, elle me trouve froid, prosaïque; non pas

qu'elle prenne goût aux assiduités du chevalier, elle a
le cœur trop élevé pour cela, et j'espère y tenir encore la
première place; mais il faut enrayer toutes ces impor-
tunités pendant qu'il en est temps encore. Ah! monsieur
de Guinonsac, si l'occasion s'en présente, je vous pro-
mets tout ce que vous méritez, et, si la leçon ne vous
profite pas, elle profitera à ma femme.

SCÈNE II

JUSTINE. entre: apercevant le baron, elle fait un mouvement pour sortir.

LE BARON.

Comment se fait-il, Justine, que vous ne soyez pas
auprès de Madame? D'où venez-vous?

JUSTINE.

Je viens de... (A part.) Faut point le dire. (Haut.) Je suis
allée... (A part.) Que lui dirai-je?... (Haut.) Je suis allée...
Attendez donc... Mais c'est très-drôle que je ne m'en
souvienne pas.

LE BARON.

C'est en effet assez drôle, mais je puis attendre... Ne
vous troublez pas... cela vous reviendra.

JUSTINE, balbutiant.

Ah! j'y suis maintenant... Oui, c'est ça... Je suis allée chez le pâtissier pour savoir s'il n'avait pas oublié les petits fours pour Madame.

LE BARON.

Ah! c'est chez le pâtissier! Votre mémoire n'est peut-être pas encore bien sûre du fait... A plus tard donc... vous saurez mieux... Madame a sans doute besoin de vous pour achever sa toilette; allez, mon enfant, allez. (A part, en sortant.) Je crois deviner plus que je n'en voudrais savoir...

SCÈNE III

JUSTINE, seule.

Et Madame qui trouve Monsieur insoutenable! Mais c'est du sucre candi... jamais on n'a vu pareille pâte d'homme. Pas un mot plus haut que l'autre, jamais une impatience... Que j'ai été sotte! Il a été bon, il a été doux comme avec Madame, quoi! Mais la voici. Dieu! quelle humeur!

SCÈNE IV

LA BARONNE, mise à la dernière mode et en très-élégante toilette de ville, le chapeau déjà noué, les gants en main.

Mais, Justine, que devenez-vous?

JUSTINE.

Madame, je viens de faire votre commission.

LA BARONNE.

Adroitement, j'espère.

JUSTINE.

Oh! Madame peut compter sur mon adresse.

LA BARONNE.

C'est bien, allez recoudre à ce gant le bouton qui vient de sauter, et dépêchez-vous.

JUSTINE, en sortant.

J'y vais, j'y vais.

SCÈNE V

LA BARONNE, seule.

Mon Dieu! que je m'ennuie aujourd'hui ! (Elle s'assied sur
le canapé.) Il est vrai qu'hier, à pareille heure, je ne m'a-
musais guère mieux. Eh bien! de quoi te plains-tu? Te
voilà baronne, ma chère Giraudon, te voilà entrée dans
la noblesse, tu as ta petite couronne... Oui, cela est
vrai; mais je n'étais pas seule à l'ambitionner, et si l'obéis-
sance aux parents est un devoir, et qu'on le remplisse,
pourquoi être crucifiée de la sorte? Que manque-t-il
cependant à mon bonheur?... Tout roule à mes pieds.
Hélas! je ne suis que trop heureuse!... voilà tout le
secret. Il me faudrait des rides à ce lac... une bonne
petite tempête... mais non, toujours un calme plat, un
calme à vous énerver, à vous tuer d'ennui. Oh! je le
sens, j'en mourrai. (S'approchant d'une porte latérale.) Justine,
arrivez donc, vous mettez trois heures à faire un point...
Ces méchants petits boutons qui vous partent juste au
beau moment... On n'a plus rien à ajouter à sa toilette,
la voiture est là, on est pressée de sortir, mademoiselle
Estelle vous attend pour vous montrer un splendide
trousseau, une nouvelle nuance de ruban... Au bout
d'une petite heure, vous êtes parvenue à glisser vos

doigts dans ces maudits petits fourreaux, puis... crac, le bouton saute et tout est à recommencer. Oh! c'est à en devenir folle! (Elle se rassied.) Que n'invente-t-on pas! Des machines à coudre qui font des robes entières à elles toutes seules, des télégraphes qui vous envoient des lettres autographes, et jusqu'à des portraits-cartes, que sais-je encore; et l'on n'a pas découvert le moyen de mieux fixer un bouton.

JUSTINE, entre, tenant le gant.

Voici, madame.

LA BARONNE.

Ah! enfin, ce n'est pas malheureux! venez m'aider à mettre ces gants, Justine... On dirait que ce n'est pas le même chevreau; le mois dernier, la peau était plus souple; voyez, celle-ci est raide comme celle d'un tambour de basque.

JUSTINE.

C'est que Madame se porte mieux, sans doute.

LA BARONNE.

Quel rapport, que voulez-vous dire?

JUSTINE.

Je veux dire que Madame engraisse peut-être.

LA BARONNE, se levant.

Impertinente! je vous trouve bien familière! Quelle

patience surhumaine il me faut pour ne pas vous mettre à la porte, vous et votre langue !

JUSTINE.

Oh! Madame est trop bonne pour ça..... Et puis Madame me dit si souvent qu'elle est contente de mes doigts de fée !

LA BARONNE.

Quant à cela, je le reconnais ; sans vous, je me morfondrais à m'arranger dès mon lever. Dieu! que c'est fatigant d'avoir à mettre ses pantoufles... se baisser jusqu'à terre... aller les chercher, Dieu sait où..... puis, très-souvent, l'on risque de mettre la pantoufle de droite au pied de gauche. Il est vrai que, pour ce travail, mon mari est d'une adresse vraiment adorable. A propos, Justine, le commissionnaire va venir; n'est-ce pas?... Quand mon mari sera là, vous me remettrez... Ah! le voici...

SCÈNE VI

Les Précédents, LE BARON entre par une des portes latérales.

LE BARON

Oh! comme vous voilà belle !... Et vous allez sortir...

pour vous rendre chez quelque faiseuse, probablement voir quelques nouveautés?

LA BARONNE.

Eh ! mon Dieu, oui. Ce n'est pas précisément amusant, mais quand on n'a rien de mieux à faire... et puis il faut bien ne pas se laisser déborder par l'élégance qui nous entoure, malgré la fameuse brochure... Justine, mon ombrelle en chantilly... On aurait bientôt l'air de provinciales en vacances...

LE BARON.

C'est juste ; mais n'allez pas trop tarder, chère amie, je vais attendre votre retour. (Il s'assied et prend un livre.)

JUSTINE, rentrant et s'approchant de la baronne.

Voici l'ombrelle à madame. (Baissant la voix.) Puis on vient d'apporter cette lettre.

LA BARONNE, à Justine.

C'est bon ; posez tout là. (Elle désigne une table ; Justine y dépose les objets et reste au fond de la scène, rangeant les meubles, et entièrement étrangère à l'action.)

LE BARON.

Eh ! très-chère, vous ne prenez pas connaissance de cette missive importante peut-être?

LA BARONNE, avec dédain.

Oh ! je sais de quoi il s'agit, c'est la souscription à l'œuvre des petits Savoyards.

LE BARON.

Voulez-vous que je vous épargne la peine de lire...
Une souscription de ce genre, cela me concerne. Il n'y
a pas longtemps encore, nous avons chaudement débattu
à la Chambre une question analogue, en sorte que celle-
ci pourrait bien avoir mes sympathies. Et puis, je ne
sais pourquoi... mais je m'intéresse à ces petits magots.
(Il s'approche de la table où se trouve la lettre; puis se ravisant.) Non...
ma femme, lisez plutôt vous-même.

LA BARONNE.

On dirait que vous redoutez... Seriez-vous jaloux?
Ah! Bernard, ce serait bien mal... Vous soupçonne-
riez...

LE BARON.

Moi? oh! rien... Et, tenez, je brise le cachet, puis-je
vous témoigner une meilleure confiance?

LA BARONNE, à part.

Ah! nous allons voir...

LE BARON, après avoir lu, réprime un mouvement d'indignation ;
puis avec calme.

J'allais tantôt consulter le baromètre, madame, mais
je n'irai pas plus loin ; près de vous, j'ai appris que nous
aurons de la pluie ou du vent.

LA BARONNE, à part avec une satisfaction contenue.

Enfin, le coup a porté. (Haut.) Et à quels signes précur-

seurs voyez-vous tout cela? Ma toilette n'a pourtant rien
qui annonce un ciel courroucé, ce me semble.

LE BARON.

Aussi votre toilette n'y est pour rien, madame. Ces
signes précurseurs, je les trouve dans cette lettre.

LA BARONNE.

Ah! vraiment? Et cette lettre-baromètre est-elle au
moins signée de son auteur?

LE BARON.

Vos plaisanteries sont assez déplacées, et, en vérité,
je m'étonne d'une pareille assurance, lorsque vous pour-
riez vous douter au moins à quel point le cas est grave.

LA BARONNE, avec impatience et tout en mettant son gant.

Vous êtes vraiment désespérant avec vos énigmes,
monsieur. (Son gant se déchire tout entier.) Bon, voilà que le
bouton est trop bien cousu maintenant. Justine, c'est
tout à refaire. (Justine prend le gant et sort.) Mais je ne sortirai
donc jamais aujourd'hui! (Elle s'assied.) Ainsi, vous disiez
que le cas est grave... Et mes petits fours qui n'arrivent
pas... ce n'est donc pas de l'œuvre des petits... ramo-
neurs qu'il s'agit; mais qu'est-ce alors? Et dire que
madame Barenne m'attend pour me montrer cette fameuse robe orange et citron, destinée à je ne sais plus
quelle reine des Indes. Mais parlez donc, vous restez là
impassible comme la statue du Destin. Ah! mon Dieu!

il faut que je sorte... j'ai gagné à prix d'or Jasmin pour me coiffer ce soir ! jamais je ne serai de retour, et je ne puis pourtant pas aller au bal comme je suis !

LE BARON, avec intention.

Il est certain que de manquer au bal de lady Clifton serait fâcheux pour tous deux...

LA BARONNE.

Pour qui, pour tous deux ?... Vous y viendrez aussi ? (A part.) Quel changement ! (Haut.) Mais c'est aimable, au moins.

LE BARON.

Aussi je ne ferai pas défaut à ce bal, madame. (A part.) Si toutefois je vous y laisse aller. (Il sort, emportant la lettre.

SCÉNE VII

LA BARONNE, seule.

Il parait que j'ai réussi... Voilà la petite tempête bien amenée ; je vais enfin voir sortir ce mari débonnaire de son atmosphère soporifique, pour lancer la foudre, peut-être... Il avait bien de la peine à se décider... Il craignait sans doute de me faire trop de mal, le digne homme, et il a préféré se retirer plutôt que de troubler notre lac... Mais cela viendra... je l'espère, du moins ; car avoir si bien forgé cette lettre uniquement pour acquérir la certitude que je n'ai pour mari qu'un monsieur Moutonnet, ce serait désespérant.

UN COMMISSIONNAIRE, entrant par la porte du fond.

Voici une lettre pour madame.

LA BARONNE prend la lettre, et le commissionnaire sort.

(Regardant l'adresse. Qu'est-ce? Mais c'est ma lettre forgée, et l'autre donc !... Qu'est-ce, grand Dieu?... Serais-je prise dans mes propres filets? Je veux tout savoir... Oh ! le doute est une chose affreuse ! (Elle sonne. Justine paraît. Mon mari est-il sorti?

JUSTINE.

Oui, madame, il a fait venir un fiacre et a crié au cocher : 4, rue Matignon.

LA BARONNE, atterrée.

4, rue Matignon, dis-tu? Ah ! je suis perdue ! (Elle se laisse tomber dans un fauteuil. On entend sonner au dehors.)

JUSTINE.

On sonne, madame, que faire?

LA BARONNE.

Va voir ; si c'est mon mari, dis-lui que je l'attends... si c'est le chevalier, refuse-lui la porte... Va.

JUSTINE.

Bien, madame. (Elle sort.)

LA BARONNE, seule, toujours assise.

Hélas! que va-t-il se passer? Le billet que mon mari a décacheté doit être du chevalier, je n'en puis douter. Sous sa froideur habituelle, mon mari avait un air résolu... Ah! si je m'étais méprise sur son compte! si son calme n'était qu'apparent!... Imprudente! je cherchais des émotions, je voulais du trouble, une bourrasque! (Se levant.) C'est tout une tragédie que je vais avoir peut-être.

JUSTINE entre en riant.

Ce sont les petits fours que Madame attendait.

LA BARONNE.

Ne riez pas, Justine, la chose est sérieuse, elle pourrait le devenir même pour vous; soyez discrète au moins. (A part.) Je crains que mon mari ne soit sorti pour provoquer M. de Guinonsac. Mon Dieu, que faire?... Ah! un mot au chevalier. (Elle écrit.) « Que m'écriviez-« vous ce matin? Mon mari a surpris votre lettre. Pour « éviter tout malheur, refusez de vous battre; il le faut « à tout prix. » Justine, vite, va porter cela au cheva-lier. Hâte-toi... cours...

JUSTINE.

Oh! comme le vent, madame.

3

LA BARONNE, seule.

Que pouvait-il m'écrire? que peut contenir ce billet?
Des soupirs, de tendres reproches, quelque madrigal...
Si ce n'était que cela, mon mari n'irait pas le provoquer; mais je crains plus, je crains une folie, une décla-
ration volcanique...

SCÉNE VIII

LE CHEVALIER, mis à la dernière mode, un lorgnon fixé dans la cavité
de l'œil, beaucoup d'afféterie dans le langage et les manières, s'arrêtant à
quelques pas de la baronne.

Est-il permis? Bonjour, madame... (A part, frappé à la vue
de la toilette de la baronne.) Tiens! mais c'est tout comme Féline. (Haut.) Personne n'est en bas, personne n'est en
haut... Je me suis dit : Amour ne connaît point d'ob-
stacle, et j'ai franchi toutes les portes.

LA BARONNE.

Ah! c'est vous, monsieur!

LE CHEVALIER.

Eh! qu'y a-t-il d'étonnant, madame, dans mon amoureux empressement?

LA BARONNE.

Mais vous prenez un ton, un langage...

LE CHEVALIER.

Le langage le mieux en harmonie avec la circonstance, il me semble : Vous êtes seule, je suis seul, nous sommes seuls, jamais cela ne s'est produit avec plus d'à-propos. Puis-je mieux répondre à votre billet de tantôt ?

LA BARONNE, avec étonnement.

Comment, vous l'avez déjà reçu ?

LE CHEVALIER.

Oui, je l'ai reçu, et avec quels transports ! Un premier billet, quel doux charme sous ses plis séduisants ! Aussi l'ai-je couvert des baisers les plus passionnés, les plus brûlants, les plus...

LA BARONNE, l'interrompant.

Si vous l'avez reçu, comment osez-vous ?... Comment poussez-vous la témérité jusqu'à affronter un pareil danger, un drame sanglant peut-être ?

LE CHEVALIER, dissimulant quelque inquiétude, puis se ravisant.

Quoi, un drame ? (A part.) Elle veut m'éprouver, soyons intrépide. (Haut.) Un drame ? mais c'est ce qu'il me faut, à moi ; un drame, deux drames, trois drames ! qu'est-ce pour moi ? La belle affaire ! (Gesticulant.) je voudrais du sang, des poignards, des sabres...

JUSTINE rentre en courant.

Madame, madame, personne. (Apercevant le chevalier.) Ah ! je comprends, voici le billet, madame.

LA BARONNE.

Quel billet ?

JUSTINE.

Mais celui que... celui qui... enfin, puisque Monsieur est là...

LA BARONNE.

Mais alors, expliquez-vous, monsieur, de quel billet parliez-vous donc ?

LE CHEVALIER, avec étonnement.

Moi, madame ? mais de celui que... de celui qui... Vous le savez, voyons ; vous me rendez ridicule, à la fin.

LA BARONNE.

Remettez-moi, je vous prie, le billet dont vous me parlez.

LE CHEVALIER.

Quelle cruauté, madame ! Me priver de ces lignes tracées au crayon et qui, à voix basse, me promettaient tant de bonheur... Le premier billet, me le ravir déjà... Soit, mais laissez-moi du moins y imprimer un de ces mille baisers qu'il a déjà reçus. (Il le porte aux lèvres, et le tendant d'un air résigné.) **Voilà, madame, c'est une partie de mon cœur que vous m'arrachez.**

LA BARONNE, jetant les yeux sur l'enveloppe, à part.

L'écriture de mon mari ! (Parcourant rapidement le billet.) **Quel piége habilement tendu ! Ah ! s'il rentrait et qu'il trouvât le chevalier... Quelle scène !** (Au chevalier.) **Monsieur, monsieur, vite, sortez d'ici, je vous en conjure, avant que mon mari rentre.**

LE CHEVALIER, à part.

Qu-est-ce qu'il y a ? Serait-elle un peu... (Il fait un geste qui rend l'expression du mot timbrée.) **Ah ! j'y suis, c'est encore une épreuve. Décidément, elle y prend goût.** (Haut.) **Moi, madame, sortir ! m'en aller ainsi après tant d'espérances délicieusement savourées ! Oh ! non, madame, je ne sortirai pas ; et je ne crains qu'une chose au monde, c'est de n'avoir pas assez de sang dans mes veines pour le verser jusqu'à la dernière goutte en holocauste à ma passion.**

LA BARONNE.

Mais, monsieur, partez donc. Mon mari peut survenir, c'est sérieux, lisez plutôt le seul billet que je vous aie jamais écrit. (Elle lui tend son billet.) **L'autre est de mon mari qui vous tendait un piége...**

LE CHEVALIER, après avoir lu.

Comment... et l'autre est de lui. (A part.) **Et moi qui...** (Il fait le geste de quelqu'un qui embrasse un objet.) **Sapristi... en voilà un affreux guêpier !**

LA BARONNE.

Mais que tardez-vous? vous me perdez... vous vous exposez...

LE CHEVALIER, prenant un air digne.

Je m'en vais, madame, je m'en vais, car après tout, pourquoi troubler le repos d'un ménage, le bonheur d'une famille... Pourquoi voir dans ses yeux les pleurs d'une veuve? Je comprends mon devoir d'humanité, et c'est dans ces occasions-là qu'il est beau de faire preuve d'un stoïcisme sublime, d'un véritable courage... Je m'en vais, madame; mais, sachez-le bien, Rodrigue a du cœur. (Il franchit le seuil de la porte, quand apparaît le baron.) Aïe... aïe... pincé...

LA BARONNE, voyant son mari.

Quel calme, toujours le même!

SCÈNE IX

LES PRÉCÉDENTS.

LE BARON, ne trahissant aucune émotion.

Restez, monsieur, pourquoi fuir ainsi? Ma présence, quoique inopportune peut-être, ne doit nullement vous

contrarier, car je ne rentre que pour donner mes derniers ordres dans la maison.

LA BARONNE.

Que voulez-vous dire?

LE BARON.

Je pars, madame, avec le premier convoi de ce soir.
Quelques affaires m'appellent au Havre; de là... je ne
sais...

LA BARONNE.

Mais quelle est votre intention? De grâce, expliquez-
vous, vous me torturez.

LE BARON.

Moi, madame, j'agis de mon mieux pour vous complaire, et Monsieur ne peut guère m'en vouloir, je
pense.

LE CHEVALIER.

Certes, monsieur... sans doute que mon... que votre... enfin, je conçois que... (A part.) Sapristi, je n'en
sortirai pas !...

LA BARONNE.

Monsieur le chevalier, j'ai à parler à mon mari, et
je vous prierai de nous laisser un instant.

LE BARON.

Monsieur, veuillez rester. (Bas.) Ou nous nous battrons.

LE CHEVALIER, à part.

Comment! il me provoque si je m'en vais; il veut me larder si je quitte sa femme ? (Bas au baron.) Je suis à vos ordres, monsieur, mais vous m'expliquerez au moins...

LA BARONNE, à part.

Qu'ont-ils à se dire tout bas ? Mon mari médite sûrement quelque chose d'horrible, d'atroce; ce calme me parait terrifiant. (Haut.) Monsieur, de grâce, parlez. A quoi voulez-vous en venir?... Oh ! je souffre... Justine! Justine ! (Elle sonne, Justine paraît.) Allez chercher M. Aubier, le médecin. (Justine sort.) Monsieur de Guinonsac, encore une fois, je vous le demande, laissez-nous. Je vous l'ordonne, au besoin.

LE CHEVALIER, à part.

Dans quel joli pétrin me suis-je fourré !... Grand Dieu ! (Haut.) Voilà, madame, voilà. (Il salue et sort.)

LE BARON.

Je vous suis, monsieur.

SCÈNE X

LE BARON et LA BARONNE.

LA BARONNE.

Oh ! Bernard, écoutez-moi ! ce que vous faites là
m'humilie, me compromet... la présence de cet homme...
votre départ précipité, sans qu'il soit question de votre
retour... Oh ! non, cela ne se peut... Puis, s'il devait
y avoir du sang répandu, je me le reprocherais toute
ma vie ; mais si c'était le vôtre, oh ! alors, voyez-vous,
je me tuerais.

LE BARON.

Madame, calmez-vous ; vous vous exagérez la situation ; mais ne me retenez pas plus longtemps. (Il sort.)

SCÈNE XI

LA BARONNE seule, puis JUSTINE.

LA BARONNE.

Dieu ! que va-t-il se passer ? Son calme n'est qu'apparent. Irait-il jusqu'à se battre ? Mais ce duel est impossible ; coûte qun coûte, il faut l'empêcher... (Justine entre) Où est mon mari ?

JUSTINE.

Il est de nouvau sorti, et Jean le suivait avec un sac de nuit et puis une petite boîte longue et toute plate...

LA BARONNE.

Les pistolets, sans doute !... Ah ! qu'ai-je fait !!!
(Elle tombe sans connaissance sur la causeuse.)

JUSTINE.

Ah ! mon Dieu ! qu'avais-je besoin de lui parler de cette boîte ? Pauvre madame, on la dirait morte, et le médecin qui n'arrive pas... Mais le voilà.

SCÈNE XII

Les Précédents, M. AUBIER.

M. AUBIER.

Où est le malade, s'il vous plaît ?

JUSTINE.

Par ici, par ici ; c'est ma maîtresse, ma pauvre maîtresse, voyez comme elle est pâle.

M. AUBIER s'approchant de la baronne, il lui prend la main, tire gravement sa montre et consulte le pouls. Silence de quelques instants.

Le pouls est bon, ce n'est qu'une syncope ; il faut le plus grand calme. Préparez une décoction de fleurs d'oranger mêlée de trois parties et demie de feuilles de papaverus, saturez le tout de quelques gouttes d'éther, puis édulcorez avec du sirop d'althée... mais donnez plutôt du papier et une plume... Ah ! voilà juste ce qu'il me faut. (Il écrit.)

JUSTINE à part.

Pauvre madame, que de vilaines drogues il lui faudra prendre ! Et quand je pense que ce grand niais qui est cause de tout cela avec son Rodrigue, son cœur et son holocauste...

M. AUBIER.

Voici l'ordonnance avec l'adresse de la pharmacie en laquelle j'ai une confiance toute particulière. Envoyez-y de suite, puis appelez-moi s'il survenait quelque symptôme alarmant. (Il sort.)

JUSTINE.

Il s'en va ; ma foi, c'est qu'il n'y a pas grand'chose alors. J'aime autant cela, et je crois que quelques gouttes d'eau de Cologne feraient mieux que toute sa *pharmacerie*. (Elle frictionne légèrement les tempes de la baronne.)

LA BARONNE, revenant peu à peu de son évanouissement.

Ah!... C'est toi, ma bonne Justine... seule? Et mon mari? Que s'est-il donc passé?

SCÈNE XIII

Les Précédents, LE CHEVALIER à la porte du fond.

LE CHEVALIER.

Peut-on entrer?... Madame, je viens de la part...

LA BARONNE.

Vous revenez seul, monsieur? Et mon mari?

LE CHEVALIER.

Il m'envoie...

LA BARONNE, l'interrompant.

Il vous envoie... Que dites-vous, serait-il blessé?

LE CHEVALIER.

Non, madame, tranquillisez-vous... Mais, en prenant place dans un coupé des premières pour le Havre, il m'a envoyé...

LA BARONNE.

Mon mari parti?... Et vous ici?.. Et c'est lui?...

LE CHEVALIER, à demi-voix à la baronne.

Mon Dieu, oui, comment trouvez-vous cela?

LA BARONNE.

Je trouve, monsieur, que tout ceci est fait pour me pousser au désespoir; mais qu'ai-je fait, grand Dieu! pour mériter de pareils affronts? J'écoutais, il est vrai, vos déclarations insipides, je lisais vos vers étiques, je m'oubliais parfois jusqu'à prêter l'oreille aux soupirs de vos romances; mais je n'ai pas, je m'en félicite, l'ombre d'un reproche sérieux à me faire. Et voilà cependant ce que me valent vos obsessions, vos ridicules singeries!...

LE CHEVALIER.

Merci, madame, merci! (A part.) Et quand je pense que lui n'en perd pas un traître mot!

LA BARONNE.

Mais enfin, dites-moi ce qui s'est passé dans l'intervalle, depuis le moment où mon mari est sorti à votre poursuite.

LE CHEVALIER.

Ah! voilà!... vous voudriez savoir... (A part.) Allons, il le faut bien, ou l'autre reviendrait avec ses joujoux...

soyons donc un véritable héros aujourd'hui... et jusqu'au bout. (Haut.) Ainsi, vous voulez savoir...

LA BARONNE.

Oui, sans doute... Voilà une ! eure que j'attends.

LE CHEVALIER, résolûment.

Eh bien, voici le récit véridique : votre mari m'a
rejoint au bas de l'escalier, là, m'abordant avec son
sérieux habituel qui, d'ailleurs, ne m'a jamais intimidé,
il m'a invité à monter dans un affreux fiacre qui station-
nait devant la porte. Naturellement je n'ai pas refusé, et
j'ajouterai même que je n'ai pas sourcillé à la vue d'un
sac de nuit, je veux dire d'une boîte de pistolets, que son
domestique plaçait bien symétriquement sur le devant
de la voiture. C'étaient des pistolets de combat... de
combat, madame ! J'ai donc pris résolûment place au
fond du véhibule, et votre mari s'est placé près de moi,
donnant ordre au cocher de nous conduire au bois de
Vincennes. Vous savez tout ce qu'il y a d'horripilant
pour certaines âmes pusillanimes dans ce mot de bois
de Vincennes. Eh bien ! figurez-vous que cela n'a pas
produit plus d'effet sur moi que si l'on avait nommé le
Château-des-Fleurs, Mabille ou le Pré-Catelan. J'eus
même l'assurance de décocher une saillie fort spirituelle
à ce sujet, mais je l'ai oubliée en route. Bref....

LA BARONNE.

Oh ! oui, tâchez d'être plus bref !.. c'est un vrai sup-
plice !...

LE CHEVALIER.

Nous avancions donc avec une rapidité étonnante...
Chemin faisant, M. de Bonval me dit que le sujet de la
promenade était sans doute assez connu de moi pour lui
épargner une fastidieuse explication ; l'affaire était d'ailleurs telle que la présence de témoins pourrait l'ébruiter
d'une manière fâcheuse. Il ajouta que nous n'aurions
qu'à nous placer à la distance voulue pour ne pas perdre
la poudre inutilement. Inutilement ! Je trouvai le mot
adorable, mais j'avoue que si l'utile se trouvait quelque
part, je ne voyais pas au même degré le côté agréable
de la situation... Bref, nous déballâmes, et, arrivés à
un endroit écarté, votre mari me tendit deux pistolets en
m'invitant à en prendre un et ajoutant que l'un d'eux
seulement était chargé.

LA BARONNE.

Ah ! mon Dieu !

LE CHEVALIER.

Oh ! rassurez-vous, c'est ici que je dois vous faire
part d'un trait de génie dont vous ne m'auriez peut-être
pas cru capable. Écoutez plutôt !

LA BARONNE.

Mais je ne fais que cela ; j'attends avec impatience la
fin.

LE CHEVALIER.

J'y arrive : Je prends alors un des pistolets, et le dirigeant aussitôt à quelques pas contre un gros chêne, je fais partir la détente, car je m'étais dit : Si mon pistolet est celui qui doit tuer, je sauve mon homme, si c'est l'autre... eh! bien j'éviterai de troubler une conscience par le souvenir d'un crime, ayant toutefois l'intention de me livrer à la discrétion de mon adversaire, lequel, à moins d'être un Iroquois, n'irait pas jusqu'à brûler utilement sa poudre. Aucune trace de balle n'étant marquée dans l'arbre, mon pistolet était l'innocent... Pourtant, M. de Bonval, oubliant la générosité de mon procédé, dirigea son pistolet sur moi. J'étais un homme mort. (A part.) Maintenant, comment lui dire?... (Haut.) Alors, par un trait d'esprit, bien plus fort que le premier, je... (A part.) Sapristi! si je pouvais m'en aller! Mais, pas moyen, l'autre est là qui écoute. (Haut.) Je feignis un malaise... Alors M. de Bonval cria au cocher d'avancer et me fit placer mollement dans le fiacre, qui, comme vous l'avez vu, hélas! aurait pu se changer en un véritable corbillard.

LA BARONNE.

J'admire votre franchise, et je crois votre récit d'autant plus véridique, que vous pouviez omettre certains détails qui parleraient plutôt en faveur de votre... présence d'esprit que de vos sentiments belliqueux. Mais tout cela ne m'explique pas...

LE CHEVALIER.

Attendez, madame, je vais tout vous dire. (A part.) Je le dois. (Haut.) Une fois installé dans notre affreux sapin, je dis à M. de Bonval que je me mettais entièrement à sa disposition, mais... pour une autre fois... Il me dit alors qu'il m'éviterait la répétition de cette petite excursion au bois de Vincennes, si je lui donnais ma parole de me rendre aussitôt près de vous, de vous rassurer, et de vous raconter les faits tels quels. Je lui ai donné ma parole, et je pense l'avoir tenue en homme d'honneur.

LA BARONNE.

Mais, en quittant Paris, que vous a-t-il dit?... Pourquoi ce départ? Je ne puis comprendre cette résolution... Me laisser ainsi en butte à la médisance et à toutes sortes d'inquiétudes désespérantes... Oh! je connais mon mari maintenant, c'est un homme déterminé, nullement hâbleur, capable de tout sans trahir la moindre de ses résolutions et prêt à verser son sang pour un simple soupçon d'offense, car enfin que pouvait contenir votre lettre? je ne l'ai pas même lue, mon mari l'a emportée. Était-elle d'une nature compromettante pour moi?

LE CHEVALIER.

Je vous priais seulement de ne pas manquer au bal de ce soir, chez lady Clifton; puis, il est vrai, me mettant à vos pieds, je vous demandais un tête-à-tête de quelques instants... chez vous...

9

LA BARONNE, hors d'elle.

Mais c'était de la démence, écrire de la sorte quand on se connaît à peine ! Me demander un tête-à-tête ! quelle fatuité ! quelle hardiesse !

LE CHEVALIER, à demi-voix et presque suppliant.

Cette hardiesse me condamne-t-elle à vos yeux?... On le dirait, madame, car vous prenez les choses...

LA BARONNE, l'interrompant, puis élevant la voix et s'animant par degré.

Eh bien ! oui, sachez-le, je prends fort mal la chose ; elle est de la dernière inconvenance. Apprenez, monsieur le chevalier, que ce n'est qu'à mon mari, qu'à mon noble et bien-aimé Bernard, que je reporte toutes les affections de mon cœur... (Le baron, ouvrant tout à coup la porte du fond, reste sur le seuil.) Pour vous, monsieur, vous ne m'inspirez que la plus profonde pitié.

SCÉNE XIV

Les Précédents.

LE BARON fait quelques pas, puis ouvrant ses bras.

Ma femme, venez sur le cœur de votre Bernard, que vous dites si noble et si bon, venez et pardonnez-lui cette leçon qu'il a dû vous infliger.

LA BARONNE, courant vers son mari et se jetant dans ses bras, pousse un cri de surprise et de joie.

Ah!!!

LE BARON.

M. de Guinonsac, j'ignore si vous vous êtes acquitté de votre promesse, mais je suis arrivé juste pour entendre tout ce que mon cœur pouvait désirer de plus doux. Je n'ai rien entendu du récit que vous avez dû faire, car je ne suis point de ceux qui vont écouter aux portes. Peut-être m'en avez-vous cru capable... Peut-être me prêtiez-vous aussi l'intention de vous tuer; en ce cas, rassurez-vous. Ma première pensée ce matin a été de me rendre chez vous et de vous provoquer; puis, chemin faisant, un autre ordre d'idées s'est emparé de moi, et je résolus l'épreuve que je vous ai fait subir. Je vous le répète donc, rassurez-vous.

LA BARONNE, d'un air enjoué.

Ha! ha! Monsieur, redoutant la dragée mise en réserve, racontait tout... pour s'acquitter, il avouait jusqu'à son courage rentré. Enfin, s'il a tenu à bien mériter de votre indulgence, je vous assure qu'il n'a rien oublié.

LE CHEVALIER.

Mais, madame... on dirait... vous semblez... mais, Monsieur, après tout... (A part.) Oh! rage et guignon! Et moi, qui, le croyant là... nigaud, va!

LE BARON,

Voici ce que je vous propose, monsieur le chevalier : d'ici à quelques jours auront lieu les courses du Derby, allez en Angleterre, allez battre les Anglais chez eux, cela est tout à fait dernier genre...

LE CHEVALIER.

Tiens, c'est juste !... Comme cela se trouve ! l'Aventurière qui doit précisément courir dans l'Epsom-Races... et puis Féline qui me tourmente pour que je l'emmène en Angleterre.

LE BARON,

C'est cela, allez faire courir Féline, et courez après votre aventurière, cela vous dédommagera quelque peu de vos revers sur le continent. Bon voyage !

LE CHEVALIER.

Adieu, monsieur, je vais jeter un voile sur cette mémorable journée, et je vous en fais la promesse, rien ne transpirera des grands secrets dont je suis dépositaire. Je compte bien aussi sur une égale discrétion de votre part... Madame, votre humble serviteur.

(Il s'incline et sort.)

SCÈNE XV

LA BARONNE, LE BARON,

LA BARONNE.

Et voilà ce que l'on risque à rencontrer parmi cette espèce de beaux à la mode. Du bon, par doses homœopathiques, et du mauvais... assez pour empoisonner l'air qu'ils respirent... Et moi, mon cher Bernard, moi qui, méconnaissant la noblesse de votre caractère, me plaignais de mon bonheur et trouvais mon existence trop douce et trop monotone ! Je demandais les orages, les tempêtes, oh ! vous m'en avez guérie et pour toujours.

FIN DE LA PIÈCE

L'ANE ET LA LOCOMOTIVE

APOLOGUE

(Pour servir d'intermède)

L'ÂNE ET LA LOCOMOTIVE

FABLE

Un âne, d'âge mûr, cheminait lentement
Et portait sur son dos un lourd sac de froment ;
Certain bâton noueux avait laissé des traces
Sur la peau de l'échine et sur bien d'autres faces...
Il suivait tout pensif la route du moulin
Semblant compter ses pas, tout le long du chemin ;
Puis, il s'arrêta court près d'une masse énorme
Moitié fer, moitié cuivre, et d'un aspect informe.
En voyant l'embarras de ce pauvre animal,
L'engin de la vapeur prit un air doctoral

Et lui fit un discours tout bouffi d'éloquence

Pour démontrer au mieux son extrême importance.

Mais l'étrange orateur n'en finissait jamais,

Sans cesse ne parlant que confort, que progrès,

Que des puissants moyens et du grand avantage

Qu'aujourd'hui la vapeur offre aux gens en voyage.

L'âne, enfin, perd patience et reprend son chemin ;

L'autre, sans l'arrêter, lui dit d'un ton malin :

Lorsque tu fais trois pas, tu regrettes l'étable,

Moi, j'avance toujours, toujours infatigable ;

Dans mon rapide essor, j'emporte les fardeaux

A travers champs, forêts, et par monts et par vaux !

Je puis ainsi franchir une immense surface

Pendant qu'à toi, Dieu sait sur ta maigre carcasse,

Combien l'on t'en applique, ô mon pauvre baudet,

De ces fameux grands coups de trique et de fouet !

Notre Locomotive, en terminant son dire,

Veut, par excès d'orgueil, que soudain on l'admire ;

Elle glisse rapide, et s'en va parader,

En criant au grison : Tu n'as qu'à regarder !

Voilà qu'alors survient, et de toute vitesse,

Un long train arborant les signaux de détresse ;

Aussitôt il s'ensuit un désastre effrayant.

Rien ne peut résister au choc si foudroyant.

Voyageurs et colis, et wagons et chaudière,

Se heurtant, s'écrasant, roulaient dans la poussière.

Enfin, bientôt après on n'eut sous les regards

Que des morts, des blessés, et maints débris épars.

Malgré son ignorance et sa faible sagesse

Messire Aliboron se dit, non sans justesse :

Où diantre est le profit de si fort se hâter,

Pour qu'à moitié chemin tout aille culbuter ?

Chacun se rit de moi ; mais, tout en broutant l'herbe,

Je remâche souvent ce fort ancien proverbe :

> Chi va piano va sano,
> Chi va sano va lontano.

H. T. F.

L'IDÉAL DE L'AMOUR

OÙ EST-IL?

PETITE REVUE EN SIX TABLEAUX

A MADAME

LA COMTESSE

HORTENSE DE ROYE

NÉE COMTESSE

DE TASCHER LA PAGERIE

A MUNICH

Madame,

Je vous dédie cette boutade sortie tout d'un jet de ma pauvre cervelle; si par aventure cette Revue pouvait plaire et si elle venait ajouter quelque profit à la représentation en faveur des pauvres, je penserais avoir complétement atteint mon but.

Je suis avec respect,

Chère Comtesse,

Votre affectueux & tout dévoué serviteur,

H. T. F.

Munich, mars 1865.

L'IDÉAL DE L'AMOUR, OÙ EST-IL?

DISTRIBUTION DE LA PIÈCE (1)

Auguste BERNICHON, jeune gandin.
CUPIDON.
Le vicomte DE MONTSEC.
La baronne DE PLEINCY, jeune veuve.
DE FRÉMONT.
AMÉLIE, sa femme.
M. CHABROUILLOT, bourgeois aisé.
HÉLÈNE, sa femme.
UN ÉTUDIANT.
UNE GRISETTE.
UN VIEUX MONSIEUR, célibataire, ancien beau.
UNE JEUNE FEMME DU DEMI-MONDE.
UN ZOUAVE DE LA GARDE.
MARTINE, cuisinière.
UN DOMESTIQUE.
JEANNETTE, femme de chambre.

---

(1) Cette pièce exige plutôt une scène ; aussi l'avais-je improvisée pour le petit théâtre de la Cour à Munich, à l'occasion d'une représentation projetée au bénéfice des pauvres de la ville ; cette représentation n'a pu avoir lieu, grâce aux répétitions du nouvel opéra de Richard Wagner (*Tristan et Ysolde*). Il serait pourtant facile d'établir les changements voulus pour que cette petite revue pût se jouer dans un salon. Chaque acteur pourrait remplir deux ou trois rôles différents ; quant au personnage de Cupidon, il n'est pas indispensable qu'il figure dans son costume écourté, on peut feindre un travestissement de sa part, c'est-à-dire qu'il paraisse dans un élégant costume de magicien, sous un long vêtement en soie rose parsemé d'étoiles d'argent et noué à la taille par un long cordon de soie noir.

L'IDÉAL DE L'AMOUR

OÙ EST-IL?

~~~~~~

Chambre de garçon, quelques armes accrochées aux murs, cannes, cravaches,
pipes, etc., etc. Un divan, fauteuil et quelques chaises; dans un coin, deux
énormes corbeilles remplies de fleurs. Au premier plan, sur la droite du
spectateur, une table chargée de flacons, de brosses et d'objets de toilette.
Cette table est isolée du reste de la chambre par un élégant paravent;
près d'elle se trouvent un pouf et un fauteuil à bras. Le mur du fond doit
être fort rapproché de la rampe. Une fenêtre à la gauche du spectateur et
une porte au fond de la scène.

SCÉNE PREMIÈRE

BERNICHON, seul, marchant à grands pas, et décachetant une lettre.

Que peut-elle me dire?... Après notre querelle d'hier,
je prévois une rupture... Voyons. (Il lit.) « Mon cher Gu-
« guste, ne viens pas me voir demain, je serai malade ;
« mais passe dans une quinzaine... » (Parlé.) Chère Nini !
elle m'aime toujours !... (Lisant.) « Passe dans une quin-
« zaine d'années ; jusque-là, adieu! Crois à la sincérité
« de mes sentiments passés, avec lesquels je suis ta

                                        « NINI. »

De ses sentiments passés! je n'en ai que faire, l'ingrate, c'est un congé, il n'y a pas à s'y tromper!... Encore celle-là!... et dire que je l'aimais à la folie, et que j'en faisais tous les jours pour elle... Ce que sont pourtant certaines femmes! nous leur sacrifions tout : jeunesse, santé, fortune, avenir, et voilà comme elles nous traitent! Elles n'ont donc pas de cœur! Décidément nous sommes bien niais, bien insensés, nous autres hommes, de croire à l'amour... Ce n'est qu'un vain mot... Cupidon n'est qu'un méchant galopin!... l'amour n'existe pas!

SCÈNE II

BERNICHON, CUPIDON, sortant d'un massif de fleurs, une flèche d'or à la main.

CUPIDON.

Pourtant me voici!... et je vais te prouver, simple mortel, que tu as tort de me malmener ainsi.

BERNICHON.

Qu'est-ce cela? D'où vient ce charmant bébé tout rose (1)?

(1) Ou bien : D'où vient ce charmant petit magicien tout rose?

CUPIDON.

Air (1).

D'où je viens!... Je descends des cieux,
Et j'apporte aux fils de la terre
Le doux secret de vivre heureux
Dans un palais, dans la chaumière.

Incline-toi devant mon nom,
J'ai su dompter maint grand génie.
Je suis roi, je suis Cupidon,
Et ma puissance est infinie.

BERNICHON.

Eh bien! je vous en fais mon compliment; mais les
sujets de votre royaume, voyez-vous, sont tous ou des
fous, des imbéciles, ou des trompeurs; ils sont loin
d'être fidèles à vos lois, et s'il est des bons, il sont
introuvables.

CUPIDON.

Mes fidèles sujets, rassure-toi, sont nombreux; mais
quelle est donc la cause de ton chagrin, de ton désespoir? De quoi te plains-tu? Que veux-tu? Je m'intéresse
à toi, parle!...

BERNICHON.

Je demande à connaître de vos fidèles sujets.

CUPIDON.

Qu'à cela ne tienne, c'est facile, approche. Je vais,

(1) Choisir parmi certains couplets de la *Belle Hélène* ou d'*Orphée aux Enfers*
(Offenbach). Au surplus, pour tout renseignement, m'écrire comme plus haut,
voyez la Préface.

en touchant ce miroir avec ma flèche, lui donner la mer-
veilleuse faculté de réfléchir des objets, quel que soit leur
éloignement, et celle bien plus étonnante encore de faire
parvenir jusqu'à nous les conversations les plus intimes,
même à travers les murailles les plus épaisses et jusque
du fond des boudoirs les plus inaccessibles. Prends ce
miroir et regarde !... (Il tend un miroir à main à Bernichon qui
s'en empare et dans lequel il se met à regarder. Cupidon s'assied sur le pouf,
et Bernichon dans le fauteuil à bras.)

PREMIER TABLEAU

La toile, représentant le mur du fond, se lève, et l'on aperçoit dans un élégant boudoir un vieux monsieur aux genoux d'une jeune femme assise dans une causeuse. La mise de cette personne est d'une élégance excentrique.

CUPIDON.

Voici déjà de mes sujets!... Tu le vois, ils s'adorent. Écoute-les maintenant.

SCÈNE III

LE VIEUX MONSIEUR.

Clémence, est-il bien vrai que vous m'aimiez?

LA JEUNE FEMME.

Peux-tu me demander cela?

LE VIEUX MONSIEUR,

Par moments je doute de la sincérité de ton amour : le bel officier de tantôt... tu as fait la coquette avec lui...

LA JEUNE FEMME, indignée.

Oh!... mon ami...

LE VIEUX MONSIEUR.

C'est que, vois-tu, je ne suis plus de la première jeunesse, moi !...

LA JEUNE FEMME, à part.

Oui, de la troisième !... (Haut.) Mais tu es si bien conservé !

LE VIEUX MONSIEUR.

Hélas! conservé peut-être, mais je ne suis plus le beau lion de naguère...

LA JEUNE FEMME.

Mon Dieu! je ne sais, mais je te trouve une figure si caractéristique !...

LE VIEUX MONSIEUR

Tu me resteras toujours fidèle, n'est-ce pas?

LA JEUNE FEMME, embrassant le front du vieux monsieur.

Je te le jure, vilain jaloux !...

(La toile représentant le mur du fond redescend.)

CUPIDON.

Tu l'as vu, je règne quand même...

BERNICHON.

Vous croyez ça, mon bon Cupidon, mais on vous gaspille..., puis on vous joue et d'une triste façon...

CUPIDON.

Comment cela ?

BERNICHON.

C'est tout simple, vous valez tant l'once, n'est-ce pas ? Eh bien ! on vous mettant dans la balance, on vous attache une pierre au cou et le tour est fait...

CUPIDON.

C'est peut-être bien vrai, car elle avait un petit air tout drôle et tout railleur, la chère petite dame. Vous avouerez pourtant que le pauvre homme l'aime bien.

BERNICHON.

Ça de l'amour ? allons donc !

CUPIDON.

Eh ! eh ! depuis quand donc êtes-vous devenu un esprit fort de cette taille-là ?... Mais je tiens absolument à vous convertir et par l'évidence : c'est sans doute le mieux. Je vais donc vous conduire ailleurs, là j'espère vous montrer l'amour sincère. Attention !...

DEUXIÈME TABLEAU

Un bosquet ; au milieu un banc sur lequel sont assis un jeune homme et une grisette, tous les deux se tiennent les mains l'une dans l'autre.

CUPIDON, à Bernichon, tous les deux regardant dans le miroir.

Vois ces deux étourneaux, ils s'aiment tendrement, et ce qui mieux est, sincèrement. Écoute leur tendre ramage.

SCÈNE IV

L'ÉTUDIANT.

Nous sommes enfin à l'abri des importuns, et je puis en toute liberté te dire combien je t'aime. (Il veut l'embrasser.)

LA GRISETTE.

Voulez-vous finir, mauvais sujet !... Écoute, mon chéri, si tu savais tout le mal que je me donne pour arriver jusqu'ici... C'est que vers dix heures du matin, on a l'habitude de me voir au magasin, et ce n'est que le soir que je m'en retourne vers neuf heures avec mon frère qui chaque fois vient me chercher... Oh! que je serais heureuse le jour où enfin je serais ta petite femme ' (Ils se parlent à voix basse.)

CUPIDON, à Bernichon.

Tu l'entends, c'est une honnête fille; elle se risque un peu, c'est vrai, mais après tout!.. il faut l'excuser, c'est peut-être une pauvre orpheline.

BERNICHON.

Attendez un peu, laissez-moi mieux voir et mieux entendre. (Il regarde avec plus d'attention dans le miroir)

CUPIDON.

Qu'as-tu donc? tu me parais soucieux.

BERNICHON.

C'est que cette voix ne m'est pas inconnue, tâchons de mieux distinguer les traits de cette jeune fille.

CUPIDON.

Qu'y a-t-il encore? Tu rougis, tu pâlis, qu'est-ce enfin?

BERNICHON.

Juste ciel ! Je le pensais bien, c'est Nini... Elle m'a

quitté préférant l'école buissonnière avec ce jeune étudiant, lequel pour la séduire lui aura sans doute donné la montre en or qu'elle désirait tant... Ah! la perfide, la rouée, et c'est moi qui passais pour son frère!

CUPIDON.

Ah! sac à papier! je n'ai pas de chance!

BERNICHON.

Tenez, la voilà qui justement consulte sa montre; oui, c'est bien ça... O la scélérate!...

LA GRISETTE. (Se levant tout à coup.)

Mon ami, il est tard, adieu! A demain, ici, n'est-ce pas? Adieu!

L'ÉTUDIANT.

Déjà ?... Méchante! Eh bien! au revoir, ma Nini! (Elle disparaît.) Tu comptes sur ce mariage, ma petite pécore... c'est du flan pour toi...

(La toile du fond redescend.)

BERNICHON, à Cupidon, se levant.

Il faut avouer que vous n'avez pas la main heureuse, mon pauvre Cupidon. Montrez-moi quelque part ailleurs les sujets de votre empire.

CUPIDON.

Tu as raison... voyons ailleurs. (Déclamant.) Mon royaume pour deux tourtereaux !

BERNICHON, l'imitant.

C'est ça. En avant les tourtereaux ! (Il se rassied et reprend le petit miroir.)

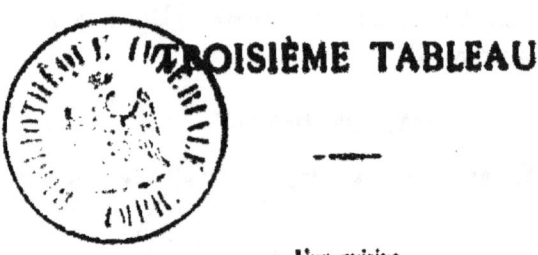

Une cuisine

SCÈNE V

MARTINE, entrant les mains dans les poches de son tablier.

Enfin, voilà M. le marquis parti pour son club. Quant à madame, je ne la crains plus, M. le vicomte y est en visite... Ce que c'est pourtant... (On frappe.) Tiens, il est déjà là, mon fidèle Martial. Ce que c'est pourtant que de marier une jeunesse... (On frappe de nouveau.) On y va, on y va... Une jeunesse de vingt ans avec plus d'un demi-siècle, c'est comme avec moi ; mais il faut aller ouvrir à ce pauvre diable de zouzou qui est en train d'additionner les clous de la porte. (On frappe avec violence.) Bon ! voilà qu'il va tout casser à présent ! J'y vais ! j'y vais ! Voilà. (Elle ouvre une petite porte qui donne sur l'escalier de service. Un sergent des zouaves de la garde entre, le poing sur la hanche, en se dandinant et caressant ses longues moustaches.)

SCÈNE VI

LE ZOUAVE.

Nom d'un nom de mille bombes! Ah çà! pourquoi que nous faisons faire incongrûment le pied de grue à ce pauvre affamé de votre cœur et de votre bouillon, s'il vous plait?

MARTINE.

Voyez-vous ça, le bel amoureux!

LE ZOUAVE.

Itérativement, je vous demande quel *prétesque* vous retenait de me délivrerrr de c'te faction; que je l'ai trouvée diantrement mauvaise, vu qu'il faisait bigrrrement froid sur votre fichu escalierrr!

MARTINE.

Ah! ben oui; plaignez-vous! Faudrait-il pas vous mettre des chaufferettes sur le paillasson? Et moi qui me rissolais à attendre que le bourgeois ne soit plus là et que madame n'ait plus besoin de moi... Plaignez-vous, grand dada, grand petit-fils de Mars!

LE ZOUAVE, se redressant.

Pour ce qui est de Mars, le dieu des guerriers, c'est mon patron, que je l'estime et le vénère comme qui dirait que c'est ma propre grand-mère... Mais, voyez-vous, ne parlons point superlativement de choses au-dessus de ton *intellective*; pour lors, nom d'un nom de mille millions de trompettes! parlons primitivement de nos amours; car, pour le dire subsidiairement, vous devinez, madame, ce qui m'amène, et j'espère bien arriverrr comme mars en carême!... ha! ha! ha! (Riant.) Sandis! tu me rendras poète, je crois. (Il veut lui prendre la taille.)

MARTINE.

Voulez-vous bien vous taire et mettre vos pattes dans vos poches, beau parleur?

LE ZOUAVE.

Dans mes poches? Que voulez-vous qu'elles y fassent? Elles s'y ennuieraient superlativement!... (Il retourne ses deux poches à la fois.) car, voyez-vous, v'la ce qu'elles y trouveraient intrinséquement... Tous mes trésors sont là... (Il se frappe la poitrine à tour de bras.) Et vrai, par Cupidon, ce n'est point pour le dire fallacieusement, je dépéris comme une fleur privée des rayons de son astre!

MARTINE, riant.

Ha! ha! ha! quelle fleur tu fais... pauvre chéri, mon brave caniche; tu m'aimes donc, là, vrai... comme qui dirait passionnément... Nous aimons donc notre petite Martine et nous brûlons pour elle d'une flamme...

LE ZOUAVE, l'interrompant.

Indubitablement, et, sans vous contredire, je dirais subséquemment que je brûle d'une flamme... (Il souffle dans ses doigts.) Mais pour le quart d'heurrre j'ai l'onglée, vois-tu, et une tasse de ton divin bouillon ferait bien mon affairrre. (Il chante.)

Air : (*Adapter la marche de* Faust, Gounod.)

La c'ntinièr' tait de la bonn' soupe
Pour le bonheur des enfants de troupe,
Les enfants d' troupe sont *mirlitaires*,
Ils touch' le cœur de la cantinière.
Blaguons ci, blaguons là,
Mais surtout embrassons-la.

(Il l'embrasse.)

CUPIDON, à Bernichon.

Bon !... voilà que ça se gâte, quel dommage ! Je croyais presque tenir notre affaire à nous.

BERNICHON.

Vous verrez que nous aurons à chercher longtemps encore.

MARTINE.

Tiens, c'est joliment tourné ça, où c'qu'on te l'a seriné, ce grand air-là ? Mais tenez, pauvre affamé de mon cœur, placez-vous... (Elle place une chaise près d'une table.) vous allez voir que vous n'aurez rien perdu pour attendre. (Elle lui met un couvert et lui verse du bouillon. — A part.) Il doit s'être refait,

le pauvre bouillon... C'est que mon mari, qui est sapeur
dans la garde... nationale, s'en donnait, s'en donnait
tout à l'heure... (Haut.) Comment le trouvez-vous ?

LE ZOUAVE, la bouche pleine.

Pas mal, pas mal ! (Il boit et mange sans plus dire un mot.)

MARTINE, l'imitant.

Pas mal, pas mal ! Il est gentil maintenant, voyez
moi ça... Brigand !... Il ne fait pas plus attention à
moi qu'à une gamelle toute vide.

(La toile du fond retombe.)

BERNICHON.

Eh bien ! me direz-vous encore que l'amour sincère
existe ? Ils sont gentils, vos deux tourtereaux... Qu'en
dites-vous, de cette Martine ? et de cet escogriffe, de ce
grand butor qui fait le joli papillon, voltigeant de
préférence autour des cordons bleus, rien que pour
leur faire allonger le bouillon, (Il lève ses bras au-dessus de sa
tête.) et procurer la migraine à leurs maris !...

CUPIDON.

Hélas ! trois fois hélas ! nous avons vu et entendu
dans cette cuisine ce que nous aurions peut-être pu
voir et entendre dans le salon à côté, moins toutefois
l'histoire du bouillon et les barbarismes de langage,
puisque, à ce qu'il paraît, il s'agissait d'un vicomte et
d'une marquise.

BERNICHON.

Ma foi, cela ce pourrait bien! Mais, voyons, montrez-moi donc l'idéal promis...

CUPIDON.

Oui, je vais vous montrer autre chose, je vais vous conduire ailleurs; sortons de la ville, les centres populeux souvent pervertissent trop les cœurs. Une chaumière abrite quelquefois le vrai bonheur.

BERNICHON.

C'est ça, un cœur et une chaumière! Connu, connu! D'ailleurs, à la campagne, que verrions-nous? Des paysans qui n'aiment qu'à se chicaner et qui ne rêvent qu'aux limites de leur propriété, pendant que leurs femmes ne chérissent que leurs vaches et leurs canards, et, à moins de monter le perron de quelque château, nous ne verrions que du sentiment en sabots, ce qui le plus souvent n'est même pas du sentiment, mais uniquement une question d'intérêt.

CUPIDON.

Ton raisonnement n'est pas toujours juste; mais. ah! bah!... va pour le château...

BERNICHON, reprenant le petit miroir.

Oui, à nous le château!

QUATRIÈME TABLEAU

Salon avec une grande fenêtre au fond. Portes latérales, meubles anciens, portraits de famille, etc.

SCÈNE VII

LE VICOMTE DE MONTSEC, seul et lisant un journal.

Rien... c'est encore heureux... Rien du duel, mais cela ne tardera pas... Je dois faire en sorte que la baronne ne reçoive plus ses journaux, et il faut absolument en finir au plus vite avec ses éternelles temporisations; mais je l'entends.

SCÈNE VIII

LA BARONNE entrant vivement.

Ah! vous voilà, cher ami; mais pourquoi ne pas m'annoncer votre arrivée?

MONTSEC.

Mon Dieu! c'est tout simple... Ce matin encore, je ne pensais guère avoir l'honneur... le bonheur... de me trouver ici... (Changeant de ton et regardant par la fenêtre.) Mais quel temps abominable chez vous! j'ai quitté Paris inondé de soleil, et je vous trouve inondée aussi, mais, certes, le soleil n'y est pour rien...

LA BARONNE.

Toujours Paris!... vous n'avez que votre Paris à la bouche; vous y trouvez donc de bien grands charmes... des attractions...

MONTSEC.

Qui?... moi?... oh! pas la moindre... Ignorez-vous donc que pour moi l'existence aux champs c'est mon unique bonheur, que je ne puis vivre loin de cette contrée où j'ai passé mes premières années... où ma famille demeure encore... et puis ne savez-vous pas que tout pour moi, avenir, joie, bonheur, tout est dans ce château... Quelques malheureuses questions d'intérêt seules m'imposent, bien malgré moi, le séjour de Paris...

LA BARONNE.

Oui, cher vicomte, je sais... et je suis en vérité bien injuste de penser comme je fais... Vraiment, je me reconnais fort cruelle envers vous et envers moi-même de retarder ainsi notre union... Mais une veuve n'a plus

les illusions d'une jeune fille. D'ailleurs, mon ami, vous
le savez, n'est-ce pas, qu'après tout je vous aime aussi?
Seulement, que voulez-vous, certains scrupules me re-
tiennent encore..: et qui sait peut-être si tout n'est pas
pour le mieux...

MONTSEC, vivement et inquiet.

Quels scrupules? Que voulez-vous dire?... Parlez,
vous m'intriguez, baronne !

UN DOMESTIQUE, entrant.

Madame la baronne, voici une dépêche qu'un exprès
vient d'apporter de la part de l'homme d'affaires de
madame.

LA BARONNE, vivement.

Qu'est-ce? Donnez... (Elle décachète l'enveloppe en feignant une
vive inquiétude, et, après avoir parcouru la lettre, elle se laisse tomber dans
un fauteuil.)

MONTSEC, à part.

Serait-ce quelque officieux avis qui lui apprend mon
duel au sujet de la marquise?

LA BARONNE, revenant de son abattement simulé.

Eh bien! le moment est venu, je vais tout vous dire
maintenant, et vous comprendrez à quel point mes
scrupules sont motivés... Lisez... (Elle lui tend la dépêche.)

MONTSEC, après avoir lu.

Se peut-il, grand Dieu! Goldenbach! votre banquier, en fuite, et votre fortune peut-être tout entière engloutie dans cette catastrophe!

LA BARONNE.

Hélas!

MONTSEC, à part.

Diable! c'est bien pis que ce que je redoutais... (Haut.) Oh! mais cela est renversant, baronne...

LA BARONNE.

Il ne me reste plus que ce pauvre château en ruines, avec les quelques terres qui l'entourent, voilà les épaves de cette fortune qu'on trouvait si enviable... (Elle feint de relire la dépêche et prête l'oreille à ce que va dire le vicomte.)

MONTSEC, à part.

Il n'y a plus rien à faire ici... Vite, un prétexte quelconque pour décamper... Puis, pour rompre, ce sera la moindre des choses, une lettre anonyme que je lui lancerai, ma liaison avec la marquise, le duel, c'est plus qu'il n'en faut! (Haut.) Chère baronne, vous n'ignorez pas, je suppose, que ce soir même je dois être de retour à Paris, où des affaires d'une certaine importance me rappellent impérieusement. Je suis venu pour vous serrer la main, pour vous voir, ne fût-ce qu'un instant...

D'ailleurs, je veux m'informer, savoir positivement ce
qui en est de cette faillite... Oh! vrai, je n'en reviens
pas; cet honnête Goldenbach, c'est inouï!... Mais
l'heure presse, et je n'ai que le temps de me rendre à
la gare... Je ne vous dis pas adieu, je vous écrirai...
(Il lui baise la main.) Chère baronne, au revoir.

LA BARONNE.

Au revoir!... (Elle suit du regard le vicomte, et celui-ci sorti, elle
se lève soudain et hors d'elle.) Misérable! je vous connais enfin...
Allez à Paris, vicomte, allez près de votre marquise;
vous apprendrez bientôt à me connaître, pauvre sire...
(Reprenant son ton naturel.) Il faut avouer que tout ceci a été
assez bien mené, et ce bon, cet excellent Goldenbach,
quel zèle il y a mis!... Consentir à se faire passer pour
banqueroutier pendant toute une demi-journée... Il est
vrai que cela reste entre lui et moi et quelques amis intimes. N'importe, c'est héroïque, et comme on va rire
aux dépens de ce cher vicomte!... (D'un rire forcé.) Ah! ah!
ah!... Vite à Paris maintenant! (Elle se jette sur un cordon de
sonnette et le tire avec violence. — La toile du fond redescend.)

BERNICHON.

Ho!... ho!... en voilà des drames, des comédies; il
paraît qu'à la campagne on s'amuse tout aussi agréa-
blement que dans la capitale. Pauvre Cupidon, comme
tu es maltraité partout! Cela va de mal en pis dans ton
royaume. Mais, tu restes là droit comme une borne; à
quoi, à qui penses-tu?

CUPIDON.

A ce vicomte d'enfer qui est sans donte le même dont parlait Martine. Quel joli sujet, ma foi !... quel sacripant !...

BERNICHON.

C'est un gaillard... maison en ville, maison à la campagne... Je veux dire... enfin, vous me comprenez...

CUPIDON.

Que trop, et je comprends aussi les tortures que doit endurer cette pauvre baronne qui l'aime malgré tout, j'en suis sûr... Oui, mais dans tout ceci notre idéal est insaisissable.

BERNICHON.

Ah! oui, à propos, et notre idéal... Voulez-vous que je vous dise?... Eh bien! je n'y compte plus... en voilà assez comme ça.

CUPIDON.

Encore une épreuve; mais, cette fois, rentrons en ville. (Il touche le miroir avec sa flèche d'or.)

BERNICHON.

Puisque cela ne coûte rien, voyons toujours.

CINQUIÈME TABLEAU

———◆———

Salon chez d'honnêtes bourgeois.

SCÈNE IX

CHABROUILLOT, HÉLÈNE. Chabrouillot à moitié assoupi dans un fauteuil.

HÉLÈNE chante au piano.

Air : Amo, ariette, *Fablo Campana*.

J'aime l'onde qui caresse
Tendrement la douce fleur ;
J'aime le chant de tristesse
Qui répond à ma douleur.

J'aime un blanc lis qui se pose
Sur la rive d'un ruisseau ;
J'aime un saule qui repose
Sur la pierre d'un tombeau.

J'aime la nuit quand la plainte
Cesse avec toute rumeur ;
J'aime la cloche qui tinte...
La prière émeut mon cœur.

J'aime ce qui me rappelle
Des instants que j'ai vus fuir,
Quand le bonheur ouvrant l'aile
S'envola comme un soupir !

CHABROUILLOT, sortant de son demi-sommeil.

C'est joli, fort joli... Mais tu m'as l'air d'aimer trop de choses à la fois, ma femme. Tu n'oublies même pas les cloches... Et ton mari donc ?...

HÉLÈNE.

Oh ! toi aussi, je t'aime, mon chéri...

CHABROUILLOT.

Moi aussi... Ce n'est pas malheureux ; mais tu m'aimes un peu mieux, j'espère, que ton fameux « saule qui repose sur la pierre d'un tombeau. » Sapristi ! De qui sont ces paroles-là ? (Il regarde la musique.) Campana !... c'est de l'italien... je devais m'en douter... Mais cela ressemble furieusement à du mauvais français.

HÉLÈNE.

Mon ami, que dites-vous là ? Lisez donc mieux. Voyez : musique de Fabio Campana, paroles françaises de M. de Faletans.

CHABROUILLOT.

Ta, ta, ta... Il n'y a pas de Campana ni de M. Faletans qui tiennent; ces paroles sont stupides... (Imitant.)
J'aime... j'aime... j'aime... c'est y assez bête, ça?
Morbleu! une femme ne doit aimer que son mari et ses
enfants... quand elle en a; je lui accorde pourtant d'aimer
aussi un bon dîner. (A part.) Jamais cela ne pourra nuire...

HÉLÈNE.

Comme vous voilà peu poétique, mon ami! Auriez-
vous déjà faim?

CHABROUILLOT.

Non, ma Lélène... malgré tes chansons creuses, je
puis attendre patiemment l'heure du dîner; mais tu devrais veiller plutôt à ce que le rôti soit à point.

HÉLÈNE.

J'y vais, mon gros gourmand, j'y vais et je reviens.
(Chabrouillot veut fermer le piano.) Attends donc, ne le ferme
pas... je voudrais retenir cet air charmant, attends-
moi ! (Elle sort.)

CHABROUILLOT, seul.

Recommencerait-elle, grand Dieu!... Ah ! mais non,
ah! mais non!... Je l'aime bien, ma femme, j'irais même
jusqu'à l'adorer, si ce n'était sa manie poétique... elle en
met partout... jusque dans mes chaussettes... qui sont
trouées... comme celles d'un malheureux poète...

HÉLÈNE, rentrant.

Tout va bien... Seulement, comme Nanette n'est pas
là, il m'est arrivé de...

CHABROUILLOT.

Quoi donc?

HÉLÈNE.

Figure-toi que j'ai pris le sucrier pour la salière, et
notre rôti sera, ma foi, au caramel.

CHABROUILLOT.

Ah! mon Dieu!

HÉLÈNE.

Le grand mal, après tout... tu aimes tant les sucreries!

CHABROUILLOT.

Oui, je les apprécie, madame, mais au dessert... Et
voilà ce que c'est que d'avoir une Malibran qui vous sert
tout le long du jour : (imitant de nouveau.) J'aime... j'aime...
Oh! cela devient dangereux, et, pour peu que ça dure,
on me servira de l'éponge frite ou des meringues à la mou-
tarde.

HÉLÈNE.

Rassurez-vous... Au surplus, à qui la faute? Pourquoi
Nanette n'est-elle pas à la cuisine? Est-ce ma place, à
moi? suis-je née pour cela? .

CHABROUILLOT.

Nanette est allée chercher le *Constitutionnel*, mais elle tarde, la malheureuse. Et le rôti, que devient-il, grand Dieu?... Ah! je l'entends, je vais chercher mon journal.

(Il sort.)

HÉLÈNE, seule.

C'est étonnant, comme mon mari est doux aujourd'hui... Se douterait-il?... (Elle se remet au piano.)

CUPIDON.

Ce ménage boîte un peu, c'est vrai; mais, après tout, il se soutient.

BERNICHON.

Oui, mais attendez un peu.

CHABROUILLOT rentrant, un journal à la main.

Ah! voyons d'abord les fonds. Je parie pour la baisse. Qu'en penses-tu, Hélène?

HÉLÈNE.

Mon ami, je suis loin de m'entendre en affaires; le commerce... la Banque... la Bourse, rien que d'y penser, cela m'attaque les nerfs.

CHABROUILLOT.

Fallait pas alors être la fille de votre père, qui, quoique marquis, s'est lancé dans les spéculations. Elles ne lui ont pas réussi, à lui, et sans moi où en serait votre noble famille?

HÉLÈNE.

Pourquoi me rappeler toujours votre dévouement et vos bienfaits? Vous les rendez odieux, à la fin!

CHABROUILLOT.

Odieux... est joli, charmant; mais l'odieux, je le trouve, moi, dans votre esprit lunatique et dans votre rage poétique, madame.

HÉLÈNE.

De tout temps j'ai été la même; il fallait mieux me connaître et mieux m'apprécier, monsieur. Vous auriez compris dès lors l'immense distance qui sépare nos caractères et nos goûts, car il y a un abîme entre nous, monsieur, et rien au monde ne pourra le combler...

CHABROUILLOT.

C'est bien, madame, c'est bien! (Il prend son chapeau et sa canne.) Je vais dîner à mon restaurant... et je vous laisse en tête-à-tête avec votre rôti... madame... et votre Campana pour le dessert.

(Il sort brusquement.)

12

HÉLÈNE, seule.

Il s'est enfin décidé! Hier, il n'en a pas tant fallu; je crains qu'il n'ait quelque soupçon. Mais après tout, le grand mal ? même s'il nous surprenait.., Oui, mais il est d'une jalousie de tigre... Pourtant, il n'y aurait pas de quoi. D'abord, malgré tout, je n'aime que mon mari. Puis, ce jeune homme est mon cousin germain, un véritable frère... Pauvre garçon! sans ces petites ruses, je ne le verrais jamais, et il le faut cependant pour le tirer du mauvais pas où il s'est tant compromis... En attendant, profitons de l'absence de mon mari pour bien étudier cet air qu'il déteste tant, et qui fait mes délices !... (Elle reprend l'air déjà chanté, et la toile du fond retombe.)

BERNICHON, à Cupidon.

Ha! ha ! ha! Qu'ai-je dit? ça boîte, et des deux pieds maintenant. Oui, j'en conviens, elle aime son mari qui l'aime aussi; mais avouez que le bonheur n'est pas dans ce ménage. Ce n'est pas le cousin qui le trouble, c'est vrai, mais l'incompatibilité d'humeur qui existe entre le mari et la femme.

CUPIDON.

Qu'y faire? Vous voyez pourtant que nous ne sommes pas loin de l'idéal que nous cherchons. Pour la toute dernière fois, essayons encore, et si nous ne parvenons pas... eh bien, ma foi, je briserai mon arc et mes flèches, fort émoussées, je le vois!... Après, advienne que pourra!

BERNICHON.

C'est ça... la fin du monde après! Voyons, je suis tout yeux et tout oreilles.

SIXIÈME TABLEAU

———o———

Boudoir simplement meublé. Deux portes latérales.

SCÈNE X

JEANNETTE, époussetant les meubles.

Que peut faire Madame?... Depuis, voilà trois jours que Monsieur sort, elle s'enferme et elle ne veut pas qu'on la dérange; c'est bizarre... (Elle s'arrête et met le plumeau sous son bras; puis, comme s'adressant au public.) Ce n'est pas pour dire du mal; oh! non! Dieu m'en préserve! Madame est trop bonne pour moi, et ils s'aiment si gentiment, tous les deux... comme au premier jour, quoi!... Et dire qu'il y aura bientôt plus de deux ans depuis ce jour-là... Ah! ce n'est pas comme avec le marquis et la marquise du premier; ah! ben oui! par exemple... Mais cependant... Ah! mon Dieu! voilà Madame? (Elle se remet vivement à la besogne.)

SCÈNE XI

MADAME DE FRÉMONT entre en tenant quelque chose de caché dans ses mains.

Vous n'avez pas encore fini, Jeannette?

JEANNETTE.

Si fait, madame!

MADAME DE FRÉMONT.

Eh bien! vous pouvez me laisser.

JEANNETTE.

Oui, madame.   (Elle sort.)

MADAME DE FRÉMONT, seule.

Comme il tarde! Je viens d'achever cette surprise que je lui destine. Son chiffre fait assez bien sur le velours de ce carnet... Cher Henri, il ne se doute pas que chaque jour, pendant cette longue heure qu'il est absent, je reprends mon travail favori... et il pense que je ne sais rien... Mettons cela dans ce tiroir... Mais le voici!

SCÈNE XII

FRÉMONT entre vivement, et allant tout droit auprès de madame de Frémont, il lui prend la main, qu'il porte à ses lèvres.

Chère Amélie, j'ai tardé, n'est-ce pas?... Que voulez-vous, j'avais beau me presser... les affaires... ça vous entraîne toujours.. Heureusement, je n'ai pas perdu ma journée...

MADAME DE FRÉMONT.

Mais quelles sont donc ces affaires?

FRÉMONT.

Oh! pas de grandes combinaisons financières, rassurez-vous... ce sont quelques petits placements...

MADAME DE FRÉMONT, à part.

Comme il ment bien... (Haut.) Vous me parliez déjà la semaine dernière d'un placement chez un banquier... Je ne vous savais pas si riche... Vous alliez, je crois, souvent du côté des Invalides... Eh bien, figurez-vous qu'une de mes amies m'a fait remarquer que ce quartier-là est trop peu de la finance pour que des banquiers l'habitent... Henri, vous me trompez!

FRÉMONT.

Moi, madame? En quelque sorte, cela se pourrait...
mais, certes, votre amie pensait autre chose que ce qui
est. Que vous disait-elle, cette charitable amie?...

MADAME DE FRÉMONT.

Oh! rien, ou presque rien; le reste, je l'ai deviné...

FRÉMONT.

Ah! vraiment! Et qu'avez-vous deviné?

MADAME DE FRÉMONT, avec effusion.

Que tu as le meilleur cœur du monde, mon Henri...
Mais pourquoi me cacher?... Pourquoi tant de mys-
tère?...

FRÉMONT.

Comment! tu saurais?...

MADAME DE FRÉMONT.

Oui, je sais... Le cœur, mon ami, lorsqu'il aime, voit
et devine tout, le bien ainsi que le mal... (Elle lui prend vivement les deux mains.) Allons, que je te voie, là, bien en
face... Je ne me trompe pas... tu reviens de quelque
pauvre quartier... tu as fait une bonne action... je le
vois, cela est écrit dans tes yeux, qui rayonnent
d'une douce satisfaction. (Elle s'éloigne tout à coup, puis revenant.) Mais, vraiment, je ne saurais plus comment te

prouver... Ah! (Comme frappée d'une idée subite, elle court à la table et en retire le petit carnet, puis s'approchant de Frémont.) Pendant que vous vous absentiez ces jours derniers, pendant que votre bon cœur vous arrachait de mes bras pour aller répandre le bonheur dans quelques pauvres maisons, votre femme pensait à vous... Chaque point de mon aiguille a fixé sur cette broderie une pensée, une tendresse pour toi; garde ce petit souvenir, c'est ta meilleure amie qui te le donne.

FRÉMONT, avec émotion et lui serrant la main.

Chère Amélie !... cher ange, merci !... Tu savais donc tout?

MADAME FRÉMONT.

Oui, tout, monsieur l'égoïste... mais, dorénavant, nous ferons à deux *vos placements;* nous nous partagerons les bénédictions des malheureux, et, pour que dès aujourd'hui ce bonheur soit complet, viens, partons.

(La toile du fond redescend.)

BERNICHON.

Ils s'aiment, c'est clair... Mais c'est l'amour de la bienfaisance tout cela, ce n'est pas l'amour comme je l'entends.♥.

CUPIDON.

Mon cher, l'amour de la bienfaisance prouve d'abord un cœur noble et compatissant, et un cœur ainsi fait ne peut guère déroger...

BERNICHON, à Cupidon.

Alors, ma foi, en voilà deux qui m'ont bien l'air de s'aimer sincèrement... Mais cela durera-t-il toujours?

CUPIDON.

Sans aucun doute. Ces deux mortels sont faits pour rester à jamais unis... Leur naissance, leur âge sagement proportionné, leur fortune à peu près égale, leur cœur aussi bien doué l'un que l'autre, enfin la conformité de leurs sentiments, tout cela établit un ensemble de garanties suffisantes pour que l'amour demeure au delà de l'âge.

BERNICHON.

Oui, je le crois; mais aussi, voyez que de qualités réciproques, que de similitudes il faut... C'est assez rare cela.

CUPIDON.

Pas aussi rare qu'on le pense, et même cela peut se trouver dans d'autres classes, et sans exiger un ensemble aussi parfait; le tout est de savoir se rencontrer et de ne pas marier deux éléments trop contraires.

BERNICHON.

Ah! voilà le hic! Eh bien, mon cher Cupidon, si cela pouvait dépendre un peu de vous, faites-moi me rencontrer avec une perle aussi pure que cette adorable

Amélie. Je pourrais aimer encore et croire au bonheur d'être aimé. Mais c'est que moi, je ne ressemble guère à ce digne Henri, à ce phénix.

CUPIDON.

N'importe... je l'exaucerai... mais, avant tout, cesse de hanter certaine société..... Moi absent, ce miroir n'aura plus sa vertu magique. Je te laisse de bons conseils; profites-en... (Il chante.)

Air : (*Voir à la page* 11).

Tu le vois, je descends des cieux
Et j'apporte aux fils de la terre
Le doux secret de vivre heureux
Dans un palais, dans la chaumière.
Incline-toi devant mon nom,
J'ai su dompter maint grand génie;

ENSEMBLE.

CUPIDON.	BERNICHON.
Je suis roi, je suis Cupidon,	Il est roi, vrai, c'est Cupidon,
Et ma puissance est infinie.	Et sa puissance est infinie.

CUPIDON

Ainsi, bonne chance... et maintenant, adieu! (Il disparaît derrière les massifs de fleurs.)

SCÈNE DERNIÈRE

BERNICHON, courant après Cupidon.

Hé!... hé!... psit... psit... Cupidon, mon ami!... attends-moi!... Il m'abandonne!... que faire?... Ah! voilà ce que je vais faire, car il a bien raison. (Il déchire la lettre de Nini.) Et j'en ferai autant de tous mes souvenirs... n... i... ni... c'est fini... (Saluant le public.) C'est fini!

FIN DE LA PIÈCE

Paris. — Imp. POUPART-DAVYL et C°, 30, rue du Bac.

IMP. POVPART-DAVYL.
R. du Bac, 30.

www.ingramcontent.com/pod-product-compliance
Lightning Source LLC
Chambersburg PA
CBHW070852030726
47504CB00005B/1312